TOM SWIFT AND HIS AIRSHIP

汤姆·斯威夫特和他的飞艇

【美】维克多·阿普尔顿　著
王　燕　译
王一竹　绘

山東文藝出版社

目 录

爆炸事故

“汤姆，都准备好了吗？”

“夏普先生，都准备好了。”年轻人回答道。他站在一堆复杂的仪器旁，而问话的男人倚靠在一个大型罐子上，他皮肤黝黑，看起来有些紧张。

“我现在去打开气体阀。”夏普先生接着说，“你自己当心点，我可不知道会发生什么事。”

“我也不知道，但是我已经准备好了。即便发生爆炸，也不会造成太大的损失。”

“哦，我希望不会引起爆炸。这艘飞艇已经给我们制造太多麻烦了，相信现在应该没什么问题了。”

“那么，夏普先生，拧开气体阀吧。”汤姆·斯威夫特建议道，“我去察看下压力表，如果气压升得过高，我会提醒你，你就将它关掉。”夏普先生点点头，手里拿着一个小扳手，径直向气罐的一端走去。年轻人原本神色紧张地看着他，这会儿将目光转移到压力表上。压力表安装在大约五英尺长的铝制容器上面，样子像蒸气锅炉。

很快，一阵嘶嘶的声音从那个小框架结构的物件中传了出来，里面两种物质正在进行激烈的化学反应。而且，嘶嘶声变得越来越大。

“预备跳！”夏普先生说。

“我会的，“汤姆回答道，”但是压力提升得很慢，你最好把气体阀开大一些。”

“好的，现在开大一些了。要当心呀，你无法预料接下来会发生什么事情。”夏普先生提醒道。

这时，伴随着突然爆发的嘶嘶声，高压气体从气罐发出，穿过管道，进入铝制容器。压力表上的指针左右乱摆。

“关掉气阀！”汤姆大喊道，“气体输送得太快了，赶紧关掉气体。”

夏普先生立即服从命令，双手颤抖着试图用扳手把控制阀关掉。他的脸色因为害怕而变得煞白。

“动不了啊!”夏普先生大声喊道，“卡住了！我不能关掉气体。赶紧跑！当心，气罐要爆炸了！”

那个年轻的发明家汤姆·斯威夫特对仪器设备比较熟悉，他看了一眼压力表，注意到气压在不断向上攀升，看起来马上就要达到急停压力值。当看到急停阀门也被卡住时，他赶紧抓

起一摞蓝色纸打印的资料，一个箭步冲向飞艇的出口。他们俩几乎同时冲出门，刚一出去，就听见巨大的爆炸声，震得飞艇剧烈地摇晃起来，里面所有的窗户也被震得粉碎。

乱七八糟的木头碎屑、金属片、刨花和粉尘从里面飞了出来，紧接着升起一股黄色的烟雾云。这一切，就发生在黝黑皮肤的男子夏普先生和年轻的发明家斯威夫特飞奔出门后的一刹那。

“汤姆，你受伤了吗？”夏普先生大声呼喊。他惊魂未定地回头看刚刚发生的危险事故。

“一点都没受伤。你怎么样？”

“我还好，刚才真是太惊险了。好在你安装了压力表，否则我们根本不知道应该什么时候跑。唉，试验又失败了。”夏普先生说起这些话时心中充满了苦涩。

“不要紧，夏普先生，”汤姆安慰他说，“我想这应该是最后一次犯错了。我知道现在的问题出在哪儿，而且知道如何去修正。进去吧，气罐没有爆炸，我们可以继续进行试验。”

“是的，幸亏气罐没有被损坏。”

“但是我们最好等到烟雾散后再进去。现在进去的话，吸入的气体会损害我们的健康。”

黄色的烟雾慢慢散去后，黝黑皮肤的男子和年轻的发明家走进了飞艇。尽管里面发生过爆炸，但它仍然是好的。这时，一个上了年纪的男人从不远处的一座漂亮房子里走出来，大声问道：“汤姆，有人受伤吗？”

“没有，爸爸。我们都好好的。”

“发生什么事了？”

“唉，又经历了一次爆炸事故。问题可能出在我们不知道气体的准确混合比例。但是，我想我们的坏运气应该已经过去了，我们正准备再次进行试验。现在，我分析，要么是气体混合反应太猛烈且气罐太脆弱，要么是我们的阀门控制器坏了。”

“哦，天哪，斯威夫特先生！告诉他们一定要小心啊！”一个女人插话进来，“我一直担心可怕的事情会发生。这已经是第十次发生爆炸了，而且……”

“伯格特夫人，这是第九次。”汤姆打断了她的话，有些愤慨地说。

“好吧。第九次和第十次有什么区别？刚才我正要把面包放进烤箱里，”管家伯格特夫人继续说道，“巨大的爆炸声吓坏我了，吓得我将一盘甜甜圈掉在地上，现在厨房地板上到处都是。我可从来没见过这么乱的厨房。”

“对不起，我们以后再也不会这样了。”年轻人一边说，一边尽力使自己不笑出来。

“是的，你总是那么说。”伯格特夫人说，她很关心斯威夫特先生家的房子，担心哪天被年轻人的一把火给点了。

“相信我们，这次真的是最后一次了。”汤姆极力辩解道，“我们明白错误出在哪里了，是不是呀，夏普先生？”

“的确如此。”夏普先生严肃地回答道。

“过来吧，我们去看看损失的情况。”汤姆提议道，“或许我们装备另一台容器，混合一些新的气体，今天下午就可以做最后一次试验了。”

“这次可一定要谨慎地开展试验。”斯威夫特先生提醒他的儿子，这位老先生曾经也是发明家，“我担心这次你们给自己定的任务太艰巨了。”

“不，我们的任务并不艰巨，”他的儿子说，“你将会看到我们的飞艇飞向蓝天的。”

“呃，如果飞艇飞上了蓝天，我就肉眼看不到你啦。但是，现在要把节奏放慢一些，别把这个地方再给弄爆炸了。”

斯威夫特先生转身进了屋子，后面跟着伯格特夫人，她一边走，一边大声抱怨自己刚烤的面包的悲惨命运。汤姆和夏普先生开始向他们一直工作的车间走去，这是斯威夫特先生几栋房子中的一栋，是老先生专门在自家附近建造的，用于科学实验和制作专利产品。

“看起来没有造成太大的破坏，”汤姆从爆破的窗口观察了一下说，“我们马上就可以开始工作了。”

“且慢！等一下！不要现在就去试验！”夏普先生用简短而又明确的话语喊道，“不能吸入里面的有毒气体，要等到气体完全散去才可以进入，不会等太久的。这样更安全，更保险。”

就这样说着说着，夏普先生由于吸入了有毒气体开始咳嗽起来，而且汤姆也觉得自己的喉咙刺痛得厉害。

“我们出去溜达一圈吧。”夏普先生建议道，“我们仔细看看这些用蓝纸打印的材料。”汤姆递上他从爆炸现场撤离时顺手抢出来的资料。夏普先生在一个底朝上的木桶上坐了下来，他将资料在自己的膝盖上摊开，而汤姆则向宽敞的后院走去。后院被宽宽的篱笆围起来，有一个进出的小门。汤姆打开

小门，大步走向一大片绿色的草地，就在这时，他看到三个少年向自己跑了过来。

“嗨！”我们的主人公大声喊道，“安迪·福格、山姆·斯奈德克和皮特·百利。你们过来做什么？”

看到汤姆后，那三个少年都加快了奔跑的速度。安迪·福格第一个跑到了汤姆身边，他长着红色的头发，细眯的眼睛，算是镇里的小恶霸，他有一个富有且蛮横的父亲。

“多少，多少个被炸死了？”安迪气喘吁吁地问。

“需要去医院吗？”随后跑来的山姆问道。

“我们可以去现场看看吗？”皮特跑得气喘吁吁的，一过来就一屁股坐在了草地上，并且突然冒出来这么一句。

“炸死？去医院？”汤姆重复着他们的话，一副迷惑不解的样子，“你们这几个家伙是怎么想的呀。”

“我们听到响彻云霄的爆炸声，难道没有人被炸伤或者炸死吗？”安迪仍坚持问道。

“没有，一个都没有。”汤姆回答道。

“我们的的确确听到爆炸声了！”皮特坚持说道，“你不能骗我们！”

“而且我们看到浓烟了。”山姆补充了一句。

“是的，是有一次小小的爆炸。”汤姆面带微笑地承认道，“但是没有人伤亡，我们的车间里不可能发生严重的事故。”

“没有人死亡？”安迪还是满腹疑虑，话里明显带着失望的情绪。

“没有人受伤？”山姆补充了一句，似乎也有点失望的样子。他是安迪的好友。

“我们白跑了一趟。”皮特以一副令人讨厌的样子继续跟着说。他也是安迪的好友。

“究竟发生了什么？”红发少年用一种命令的口吻问道，好像他有权利知道似的。“我们从湖边的道路上走过来，当时听到奇怪的声音。汤姆·斯威夫特，如果警察过来，你要好好说说发生了什么。”他恶狠狠地说道。

“对你，对警察，我都不想隐瞒。”汤姆回应道，“的确发生了爆炸事故。我和我的一位热气球驾驶员朋友夏普先生，用一种新的气体进行科学实验。结果，气体反应猛烈，一个铝制容器爆炸了，但是没有造成严重损害，仅此而已。我希望你对这个回答比较满意。”

“那么，你究竟在制造什么？”安迪也是一副有权知道的模样，问道。

“此事跟你们无关，”汤姆强硬地回答道，“但是，很快每个人就会知道。我也可以告诉你们，我们在制造一艘飞艇。”

“一艘飞艇？”山姆和皮特异口同声地喊起来。

“一艘飞艇？”安迪则用一种轻蔑的口吻说道，“汤姆·斯威夫特，我不认为你能做到。哪怕有热气球驾驶员的帮助，你也绝对做不出飞艇来。”

“什么，我做不出来？”汤姆面对挑衅者的轻蔑话语，用藐视的口吻说道。

“是的，你做不成。你这样的笨蛋是不会成功的，需要更聪明的，比如我这样的人去做才行。我相信我可以打败你。”

“哦，你以为自己能行？”汤姆反唇相讥。此时他努力控制自己的情绪，以免让安迪·福格激怒自己。“也许你也可以在比赛时打败我。”他继续说道，“如果是这样，你用你的‘红条纹’号摩托艇和我的‘箭’牌摩托艇比试比试。我曾经打败过你两次，还可以再次打败你。”

这种出其不意的羞辱使安迪感到很难为情。的确，汤姆不止一次在摩托艇比赛中战胜过他和他的小跟班们。

“安迪，好好对付他，”山姆低声建议说，“灭掉他的威风。”

“不是我不能取胜。”安迪说，“以前，你之所以在比赛中胜了我，是因为我的发动机坏了。但是，你不可能再次战胜我的。当然，这跟飞艇都没什么关系。我敢打赌，你不可能造出飞艇来的。”

“我不跟你打赌，”汤姆平静地回应道，“但是，如果你耐心地等几周，你就能看到我造出一艘飞艇来。到那时，如果你想拿自己的‘红条纹’号摩托艇跟它对抗，我乐意奉陪。或者，你能进入驾驶热气球或飞机的比赛，我更乐意奉陪。”

“哼！你认为自己很聪明，是不是？你只不过在那个热气球驾驶员的气球着火时救了他一命，你就认为自己聪明得不得了了。”安迪一边说，一边思考着如何更好的嘲笑汤姆一番，但他穷思苦虑，也没能找到更好的措辞，最后只好说，”好吧，就算你很聪明，你也永远造不出一艘飞艇来。

“当然，他是不可能制造出飞艇来的。”山姆和皮特坚定地支持自己的头儿，随声附和道。

“你们等着就行了。”汤姆看到他们的傻样，不禁笑了起来，“而且，如果你们想拿‘红条纹’号摩托艇和‘箭’牌摩托艇比试，我随时乐意奉陪。我能抽出一个小时的时间来。”

“哼，不要再说了。”安迪嘟囔着，他一直为自己的得意之作被汤姆不起眼却又电力十足的小摩托艇打败而耿耿于怀，一想起这事，心里就隐隐作痛，“等着瞧好了，我能打败你的。”

“看看，又来了！”汤姆突然大声地喊道，“你总是说能把我打得落花流水，我听得耳朵都起茧子了。我认为你只是在威胁，我不喜欢你这个样子！安迪·福格，如果你不小心点，在不久的将来你会在我这里碰到麻烦的。”

汤姆的眼睛里闪现出坚毅的目光，他捏紧拳头，往前走了一步。安迪不由自主地后退了一下。

“别怕他，”山姆说，“安迪，我们将继续支持你。”

“我不怕他。”红发少年嘟囔着说。看得出来，他准备撤退了。“你小子等着，我会修理你的。”他继续对山姆说道，这个小恶霸有点被激怒了。

年轻的发明家正准备回应，甚至可能跟安迪打起来，这时，门开了，夏普先生从里面走了出来。

“汤姆，烟雾已经彻底散去，”他说，“我们现在可以进入飞艇了。”

一听说烟雾已经散去，汤姆便不顾安迪·福格的挑衅，跟着热气球驾驶员走进院子，并关上了门。

可疑的男人

“这几个家伙是谁？”他的同伴热气球驾驶员问道。

“哦，夏普先生，他们只是几个认为我们造不出飞艇的家伙，安迪·福格和他的伙伴们。”

“那么，就让他们瞧瞧，我们究竟能不能造出飞艇来。”夏普先生义愤填膺地说，“刚才，我想到我们弄错的一个地方，是你爸爸提醒我的。我们需要在气罐里安装一个针阀，这样就能更好地控制气体的流动速度。”

“是呀，”汤姆恍然大悟道，“我怎么没想到这一点。我们试试吧。”说着，两个人走进了机器车间，想要再做一次更成功的试验。

本书的主人公，也就是我们的发明家汤姆·斯威夫特，发明了几台机器。他和父亲巴顿·斯威夫特一起住在纽约州肖普顿小镇郊外的一个村子里。斯威夫特先生很富有，也是个发明家，他因为自己发明的几个产品创造出了大量的财富。汤姆很小的时候，他的母亲就去世了，从那以后伯格特夫人就帮忙照顾汤姆和他的父亲。在他们家，还有一个人帮助料理家务，他是一个上了年纪的工程师，名叫盖热特·杰克逊，他的任务通常是在斯威夫特家周围的几个小车间里负责各种机器和仪器里的发动机和锅炉，因为斯威夫特先生通常在家里完成大部分的工作。

在这套小说的第一部里，我们的主人公已经经受了许多磨难和惊险的考验：一个由富人组成的财团对他们从另一位发明家那里获取的涡轮发动机很失望，因而雇了一群暴徒企图去抢夺斯威夫特先生发明的发动机。但是，就在他们行动之前，汤姆拥有了一辆摩托车。这辆车本属于一个富裕的男人韦克菲尔德·达蒙先生，他住在卡罗帕湖附近的瓦特福德郡，此处的水能流到肖普顿镇；但是达蒙先生骑着这辆车时出了两次事故，所以便将它便宜卖给了汤姆。后来，受父亲之托，汤姆骑着他的摩托车去往奥尔巴尼市，准备把父亲发明的涡轮发动机模型及图纸送交给一名律师，目的是为此产品申请专利。结果，途中却遭遇了一帮坏蛋的袭击。他们把汤姆打昏，偷走了他的摩托车和涡轮发动机的图纸及模型，然后，把汤姆塞进他们的汽车后，呼啸而去。

后来，一位上了年纪、肤色黝黑、骑着名为飞镖的骡子的人给这位年轻的发明家提供了线索，此人名叫伊瑞德卡特·桑普森。然后，汤姆走遍了许多村庄，做了大量的调查工作，才在卡罗帕湖上游树林中一座废弃的房子里找到了盗贼的蛛丝马迹。我们的主人公，在达蒙先生以及后来结交的朋友们的帮助下到达了那座老房子，找到了丢失的模型和图纸，但是那帮坏人已经逃之夭夭了。

夏普先生不仅仅是一名热气球驾驶员，他还是飞艇的发明人。他已经画出了飞艇的重要零部件草图，但是后来如他所说“脑袋卡壳”了，因而他未能使机器正常运转。他碰到斯威夫特先生和他的儿子也算是因祸得福，因为汤姆和他的父亲对航天机器非常感兴趣，并且开始研究起夏普先生的草图。现在，夏普先生的难题已经得以解决。

他的飞艇实际上就是一架初级版的飞机，只不过带了一个形状像雪茄的铝制容器，里面装入一种神秘的气体，是由氢气特制而成的，非常轻，但能量特别强劲。第一章中所描述的，就是他们正在一个小型铝制容器里测试该气体的效果，但不幸发生了爆炸。实际上，这样的爆炸之前还发生过好几次，但是正如汤姆所说的那样，他们已经解决了之前所有的难题，飞艇制造已经接近尾声了。不过，还有几个细节问题需要解决，好在斯威夫特先生和他的儿子已胸有成竹。

现在，年轻的发明家跟着夏普先生走进了工作间。此处需要提及的是，热气球驾驶员已受邀住在斯威夫特先生家里，直至飞艇完工。

“你认为我们只要装了针阀就可以步入正轨了吗？”汤姆问道，此时他已经注意到爆炸引起的破坏程度并不大。

“我确信可以。”夏普先生回答道，“现在我们再做一个铝制容器模型，再试验一下气体。”

他们开始干起来。偶尔斯威夫特先生会帮助他们一下，而且工程师盖热特·杰克逊在需要的时候也会来搭把手。那个下午，飞艇制造工作按部就班地进行着。两位发明家需要确保的是，气体的持续性供应袋或者说铝制容器能够正常运转，这样当他们驾驶飞艇飞入蓝天时，即便是发动机或推进器发生了突发事故，也能保证他们不从天上掉下来。

飞艇的机翼部分已经接近完工，而且斯威夫特先生设计的新发动机非常强劲，也准备安装调试了。

那天午后，汤姆、他父亲和夏普先生一直在车间忙个不停。接近黄昏时，他们听到从房子里传来一阵铃声。

“晚餐时间到了，”汤姆一边说，一边把小扳手收起来，“要是伯格特夫人能够多等一个小时就好了，这样我们就能把针阀做好了。”

“吃晚饭了！快来吃晚饭喽！”伯格特夫人高声喊道，“快过来！斯威夫特先生、汤姆、夏普先生！一分钟都不能再等啦。要不然肉和土豆都不好吃了！”

“我们得去吃饭了。”夏普先生似乎叹了口气，说道，“我们明天就能完成。”

制作部分飞艇零件的车间上了双保险锁，工程师杰克逊先生同时担当了保安角色，负责看管车间。因为，有关暴徒在暴风雨之夜越狱的记忆，仍深深印在斯威夫特先生和他儿子的脑海里。

“杰克逊先生，在飞艇停靠的地方，你只需要偶尔查看一下就行了。”夏普先生建议说，“现在，不会再有什么严重事故了。”

“夏普先生，我会非常注意的，别担心。”工程师承诺道。

晚餐后，三个人围桌而坐。桌上铺着图纸，图纸上还有

复杂的图表和计算。斯威夫特先生和热气球驾驶员认真研究着，汤姆则在仔细查阅蓝色的打印纸材料，纸上有飞艇模拟图，他正在用尺子测量着。这时，伯格特夫人带着奈德·牛顿走了进来，他就是汤姆最特别的密友。

“你好，奈德！”汤姆打着招呼，“你最近在忙什么？好久没看到你了。”

“是啊。”奈德承认很久没碰面了。他说：“我们一直在银行加夜班。这段时间，上级领导不断来检查，我们得打起精神来应付。对了，你们的飞艇研制得怎么样了？事情进展还顺利吧？”显然，他也听说了飞艇的事。

“哦，还不错。今天又发生了一次爆炸，我想你可能已经听说了。”

“不，我还不知道。”

“我原以为镇子里每个人都知道了呢。安迪·福格和他的两个小伙伴已经来过了，他们是大嘴巴，总是把知道的事情广而告之。”

“哦，你说安迪·福格呀！我讨厌他！他经常骑着他的摩托车在街上呼啸而过，看到我还故意猛按喇叭，轰隆轰隆的声音比乐队还吵。他好像认为只有自己一人拥有摩托车，就跟别人都没有似的，在街上开得太快了。”

“等我造好了飞艇，让你看看真正的速度是什么样的。”汤姆有点神往地说。

“你真的认为它具有很快的速度吗？”

“当然了，如果我们知道安森·莫尔斯那帮土匪在哪儿，我们就可以轻易地追上他们了。”

“为什么要追他们？他们不是在监狱里吗？”奈德很吃惊地说，“他们偷走你的船之后，不是已经被逮捕了吗？”

“是的，是被关进了监狱。但是他们越狱了，而且他们有大把时间再来我这里搞破坏。”

“你确定他们越狱了吗？”奈德问道。汤姆注意到他的好朋友脸上闪现出一种奇怪的表情。

“当然非常确定。但是你为什么这么问呢？”

奈德没有马上回答。他扫了一眼汤姆的父亲斯威夫特先生，年轻人马上明白了。斯威夫特先生长期用脑过度，遇事很容易紧张。由于过去莫尔斯和他的同伙给老先生制造了不少麻烦，所以他很惧怕他们。汤姆非常感激奈德考虑周到，他猜测奈德有事情跟他讲，而又不愿意让他的父亲听到。

“奈德，到我房间里去一下吧，我有件东西给你看。”汤姆停了一会儿，说道。

于是，奈德跟在汤姆身后，离开了房间。在离开之前，汤姆还朝他父亲那里瞥了一眼，不过斯威夫特先生和热气球驾驶员沉浸在工作之中，正在计算风的压力，根本没有意识到儿子和他的同伴已经离开了房间。

“奈德，现在告诉我，是什么事？”两人一到汤姆的房间，我们的主人公就问他，“是不是有什么事情发生了？快告诉我吧。”

“或许根本就没什么事。”他的同伴继续说道，“如果我知道这帮坏人已经出狱，我就会在晚上看到他们的时候更小心一些，就在我离开银行到这儿的时候发生的。”

“你看到了什么？”汤姆问道。他原本已经平静下来的心情又激动起来了。

“呃，你知道的，我一直帮助一名出纳员整理他的账簿。”年轻的银行职员继续说道，“今晚，我在他那里工作了几个小时。出来时，我感到很高兴，终于摆脱了我所谓的‘苦工’。我几乎是跑到了街道上，根本没有注意到自己究竟在哪儿，就在街道拐角的地方，我差点撞上了一个人。”

“这倒没什么奇怪的，”汤姆说，“我经常撞上别人。”

“等等。”奈德说，“为了防止自己摔倒，我不由自主地抓住了那个人的胳膊；为了防止摔倒，他也同样抓住了我。我们俩就这样停下来，站在一盏路灯底下。我低头看到了他的手，他左手小指上文了一个蓝色的戒指，而且……”

“‘乐天哈利’——那个恶棍！”汤姆惊呼起来，“他的文身恰恰就在手指上。”

“是的，你以前告诉过我。”奈德说，“只是我当时没注意到，因为我压根儿没想到他们已经出狱了。”

“那么，还发生了什么事？”汤姆询问道。

“没别的了。我向那人道了歉，他也向我道了歉，我们就分道扬镳了。”

“你确定看到他手指上的文身了吗？”

“非常确定。因为他的手指在路灯下看得非常清楚。但是，等一等，事情还没完。我当时没想太多，就继续匆忙往前赶路，这时我看到另一个人的黑影从银行旁边皮特家杂货店里走了出来。那个人一定是把我当成了别人，因为他跟我说话了。”

“他跟你说什么了？”

“他问了我一句话。原话是这样的：今晚有机会下手吗？”

“你是怎么回答的？”

“我当时很吃惊，根本就来不及思考如何回答。他发觉自己认错人了，就匆匆忙忙走了。随后我才发现他是去跟我之前撞上的那个人会合，不久，银行前面的街道上走过来第三个人，跟他们俩会合，然后他们一起消失在了黑暗中。”

“接下来呢？”就在奈德停下来的时候，汤姆询问道。

“我当时大脑里没什么想法，”奈德继续说，“只觉得这些人看起来行踪非常可疑。刚才你跟我说安森·莫尔斯那帮坏蛋越狱逃跑了，这才使我想到这几个人没准就是他们的人。”

“肯定是，”汤姆非常确定地说，“蓝色戒指就能证明一切。”

“我不知道该怎么讲。”奈德说道，“那个男人手指上的确文有蓝色戒指——也就是你说的‘乐天哈利’的手指上所文的那种戒指。但是这帮人在这里干什么呢？他们以前偷窃你们的东西被关进了监狱，应该已经得到教训了呀。”

“不，我不认为他们这次是来偷我父亲的发明的。但是，我想把我的想法告诉你。”

“是什么？”

“奈德，这些人在计划抢劫肖普顿银行！而且，我建议你尽快通知银行的领导。在这个国家，莫尔斯帮派恶贯满盈。”汤姆变得更加激动，不停在房间里踱着步子。奈德做梦也没想到，讲了半天竟然得到这种结论，因此他也吃惊不已。

迎头还击

“汤姆，我们告诉你爸爸吧，”停了一会儿，奈德建议道，“这样他就会知道怎么做了。”

“不，不要告诉他。”年轻的发明家迅速回答道，“这帮人过去已经给爸爸添了太多的麻烦，我不希望他再担惊受怕了。而且，最近他正在开展一项新发明，如果我告诉他‘乐天哈利’帮的事情，他就会分心的。”

“他现在正在开展什么发明呢？”

“我不清楚，但是看他行事的方式应该是一项很重要的发明。他几乎没有时间帮助夏普先生和我造飞艇。因此，我们不能把这个消息告诉爸爸。”

“那么，根据你的建议，我就提醒一下银行的领导。如果银行被抢劫了，而他们又发现我碰到过那帮坏人却没有告诉他们，就会责备我的。”

“如果是这样，那帮坏人会很高兴有人当了替罪羊。”

汤姆也不知道自己的猜测离真相到底有多远，同样他也不知道那帮坏人有没有在打他家的主意。

“回家路上，我就打电话给银行行长，”奈德下了决心，“这样，他就可以及时通知银行的保安。但是，你真的希望自己的飞艇快点飞上蓝天吗？”

“当然了。现在，我们已经发现了气体这一处的错误，其余的都已经搞定了。”

“如果飞艇飞得不是很高，我倒愿意独自旅行一次。”奈德的神往之情溢于言表。

“没问题。我们的飞艇一造好，我就带上你去转一圈。”他的朋友允诺道。

两个男孩就这样聊了一个多小时，大多是关于飞艇的，因为这是汤姆近来最感兴趣的事情，飞艇的事情已经占满了他的大脑。回家之前，奈德用汤姆家的电话打给了银行行长，告诉他自己看到了几个可疑之人。行长感谢这位年轻职员，说他会采取一切必要的预防措施。汤姆本以为父亲不用担心这帮歹徒，结果在奈德和银行行长通话时，斯威夫特先生还是无意中听到了。实际上，坏人帮出狱的新闻已经引起了斯威夫特先生的警觉。

第二天早晨，汤姆醒来时还是感到有一点点的忧虑。他担心传来银行被抢劫的消息，好在肖普顿并没有这样的警示性报道。实际上，除了奈德昨天告诉他的消息，再也没有这帮人的蛛丝马迹。警察一直提高警惕，但是他们也没有看到这帮坏蛋。

“或许，我看到的那帮人不是‘乐天哈利’帮。”第二天晚上，奈德再次拜访了汤姆，他这样说道。

“嗯，有可能不是同一拨人，”年轻的发明家承认，“我也希望是这样。即便他们就是‘乐天哈利’帮，也许你的出现吓走了他们，这样也算是好事。”

接下来的两周里，汤姆和夏普先生一直忙忙碌碌，偶尔斯威夫特先生会帮他们一把，而且工程师盖热特·杰克逊也会在需要时过来搭把手。于是，夏普先生和汤姆在他们的飞艇工作上取得了很大的进展。

“你父亲在忙什么呢？”就在新的铝制容器快要完成的那天，夏普先生问道。

“我不知道。”汤姆有点迷惑不解地回答道，“他不愿意谈他正在做的事情，即便和我也不谈。他只说这是一项将使旅行发生重大变化的发明，但是他是在制作能对抗我们的飞艇，还是一辆新的摩托车，我并不知晓。我想他在合适的时候会告诉我们的。但是，你估计我们还要多久才能完成飞艇，或者叫航天飞机呢？”

“哦，大约需要一个月的时间。我们现在还没给它取名字，但在完成之日我们会给它取名的。现在你去拧紧螺钉，我去准备气体发生器，以便进行下一次试验。”

现在，让我来简单介绍一下新飞艇吧。夏普先生在卡罗帕湖遭遇热气球意外着火事故被汤姆及其父亲救下时，他就把自己的计划告诉了他们。之后，他们就开始建造飞艇了。飞艇的主题设计思路跟我们熟悉的航天飞机是一样的，但是除了飞机的必要设备之外，还有一个雪茄形状的铝制罐，里面装有一种新型的、能量强劲的气体，它的作用是在发动机发生故障时让飞艇悬浮在空中。

飞艇用的是一上一下两套飞机模式，还配备有两个大的螺旋桨，一前一后。这些螺旋桨制作起来要非常小心，两层木头要紧密契合，这样才能使飞艇的动力更足。它们的直径是8英尺，由20个汽缸的空气制冷发动机驱动，旋转速度是每分钟1500转。如果飞艇开足了马力，且风速适中，那么每小时它能飞80英里。

但是，汤姆的飞艇被设计成特殊形状，新发明就是安装了一个大气体罐，里面装入了神秘而又能量强劲的气体。飞艇下方像汽车一样的“肚子”里可以载人，有供驾驶员和乘客乘坐的地方。载人的地方就好比一个客厅，除此之外里面还有一个房间，放置了发动机和包括生成气体在内的其他装置。这样的套间就是夏普先生和汤姆的杰作。它能够容纳五个人，乘客可以躺下来睡觉，还有一个迷你厨房可供准备食物，几把折叠椅供乘客在飞艇爬升时坐下来休息，就像火车上的折叠椅那样。

飞艇里有储存的地方，可供储存一周旅行用的物品，而且除了铝制容器里已有的、可支撑飞艇飞行两周的气体，飞艇里还可以生成足够的气体。发动机、操作杆、气体发生器都在驾驶员附近，方便控制。驾驶员被安排在飞艇头部的一个小房间里。飞艇里还有一个电炉，可以烹煮食物。

飞艇可以从地面由橡皮轮胎助跑起飞，像通常我们所见的那样，也可以由气体助推，就像热气球那样。总而言之，这艘飞艇里有许多新的发明。

几天之后，汤姆和夏普先生进行了第二次气体实验。这次没有失误，也没有发生爆炸，针阀将猛虎一般的气体控制得很好。

一天下午，夏普先生说："下周我们就可以把飞艇的各个部件拼接在一起了。不过，我们还需要一些铝制螺钉，如果你不介意，现在就可以骑着摩托车去曼斯堡购买。梅通的店里应该有卖的。"

曼斯堡是距离肖普顿最近的大城市，而梅通是一个机器通，他经常为斯威夫特先生加工零部件。

"好吧，我现在就出发。"汤姆同意了，"你需要多少个螺钉？"

"需要二十多个。"

汤姆从屋后的棚子里取出摩托车，骑上，开走了。当经过飞艇停机坪时，他朝里面看了看，看到机翼和铝罐已经组装好了。

“我们很快就可以飞上蓝天了。”他对着一台机器说道，好像机器能听懂他的话似的，“如果发动机正常运转，我们就可以刷新纪录啦。”

汤姆到曼斯堡买到螺钉之后返回，在一条偏僻的街道上摩托车出了故障。他下车查看了一下，好在只是一个小问题，很快就解决了。这时，他突然感觉到有人站在附近，打量着他，他感到一阵不快。他不清楚为什么会这样，只是觉得那个

人对他有恶意，这是汤姆始料未及的。他抬头看到那个紧盯着他的人，是安森·莫尔斯，就是给他们制造了许多麻烦的帮派头目。

“哦，是你呀。”莫尔斯不怀好意地说，“我认出你了。”他向汤姆走去。此时，汤姆倚在摩托车上。

“是的，是我。”汤姆答道。

“我一直在找你，”莫尔斯继续说道，“我跟你还没完，跟你父亲也没完。”

“是吗？”汤姆试图酷酷地说话。实际上，他的心脏比平常跳得快多了。莫尔斯说话的时候用的是威胁的口吻。汤姆看看四周，既没有人，也没有房屋。

“是的，我跟你没完。”那人恶狠狠地说，“你给我和我的朋友们带来了许多麻烦，而且……”

“这是你应得的报应，而且根本不够。”汤姆脱口而出，他想起自己和父亲在这帮歹徒的淫威下受过的许多苦，“你现在应该待在监狱里，而不是在街上晃荡。如果我看到警察，就会告诉他，你在威胁我！让警察逮捕你！你这么做是犯法的！”

“是吗？我看你懂不少法律呀！”莫尔斯轻蔑地说，“好吧，我告诉你一件事，如果你胆敢给我添麻烦，我就会……”

“我会努力给你添堵的！”面对已经怒火中烧的那个人，

汤姆勇敢地喊道，“我根本不怕你！”

“你最好识相点！”莫尔斯恶狠狠地说，“汤姆·斯威夫特，我跟你只是打了个平手。实际上，我现在有更好的方法来对付你。”

当汤姆还没明白他所说的话时，他已经快速来到汤姆身边，抓住了汤姆的肩膀，不怀好意地摇了摇他的身体。

“把你的爪子拿开！”汤姆喊道。由于要支撑笨重的摩托车，他没能腾出手来还击。

“我欠你的，会还给你。”莫尔斯回道，“要不是你，我现在会活得更滋润一些……”

就在这时，远处传来了有节奏的噼啪噼啪声。汤姆迅速望过去，看到一辆四轮马车在一匹大骡子的引领下驶了过来，骡子的耳朵来回忽闪着。骡子跑得很快，就在莫尔斯举起的拳头快要落到汤姆头上时，那辆马车已经来到了他们面前，赶车的是一个黑人男子。

“且慢，且慢！”马车上的男人喊道，“你要对我的朋友斯威夫特干吗？”

“不关你的事！”莫尔斯呵斥道，“如果你不想惹麻烦，就驾着你的马车离开。我做我的事情，管你什么事？”

这时，汤姆的脸上露出感激之情。“你不认识我吗？”黑人说，“我是伊瑞德卡特·桑普森，我的骡子叫飞镖。你最好

停止争吵。”

“除非你也想惹麻烦！”莫尔斯高声嚷嚷道。

“我不介意惹上麻烦，特别是最近这段时间。”伊瑞德卡特·桑普森笑盈盈地说，“我的骡子飞镖已经惹了许多麻烦，我们已经习惯了。你最好放开我的朋友斯威夫特先生。”

“驾好你的马车，别插手我们的事！”莫尔斯继续高声嚷嚷着，他现在已经非常愤怒了，“你别多管闲事。”他说着，推了汤姆一把。

然而，汤姆并没有唯唯诺诺、善罢甘休，他将自己空出来的那只手抬起来去打莫尔斯。但是，莫尔斯一把抓住他举起来的胳膊，然后用自己的另一只手准备去打汤姆。

“斯威夫特先生，挣脱你的手，”黑人指挥道，“你能够打败他的。”

“他如果这样做，就是自找麻烦！”莫尔斯轻蔑地说。

“我会帮他的。”黑人马上回应，他从马车座上站了起来。

“你胆敢干涉我！”莫尔斯气急败坏地说道。

很快，汤姆将自己的手挣脱出来，把摩托车放倒在地，准备腾出双手迎战莫尔斯。

“哈！你以为我会逃跑吗？”莫尔斯大声喊道，眼睛里满是怒火，“我要让你看看，你面对的是谁！”

“我要让你看看，你面对的是谁！”伊瑞德卡特突然喊道。

他迅速从马车里提起一桶洗衣液向莫尔斯泼过去。当时，莫尔斯正向汤姆那边跑过去。白色的液体从莫尔斯的头一直浇到了脚，就像罩上一个白色的罩子一样，很快伊瑞德卡特的优势地位就显露出来了。

“哈哈，这是我完成得最快的洗衣工作。”伊瑞德卡特一边笑着，一边抓住他的长刷子，从马车上下来，准备迎接莫尔斯的反击，“这是我完成得最好的洗衣工作，哈哈。”

飞行试验

无须担心安森·莫尔斯会还击。白色洗衣液流进了他的眼睛，他的眼睛灼烧得厉害，睁都睁不开，他举起拳头在空中胡乱地挥舞着。

“你们等着！你们等着！你们会为此付出代价的！”白色液体已从莫尔斯脸上流下来，在还能开口说话的时候，他就迫不及待地说道。随后，他用双手把脸上的液体一抹，冲着汤姆挥动拳头，说道：“你和那个赶车的黑鬼会为此付出代价的！”他大声嚷嚷，“你们等着瞧吧！”

“好吧，我等着你付钱给我们，”伊瑞德卡特幸灾乐祸地回答道，“一桶洗衣液的价钱是25美分。有了这笔钱，我可以买一个鸡笼了。飞镖，我们不会再有麻烦啦。”

莫尔斯再没有说话，白色洗衣液从他的身上不断往下流淌，他转过身，跑向高速路附近的树林里。

汤姆走近黑人，同他友好地握了握手。

“伊瑞德卡特，今天如果不是你帮忙，我都不知道会遭遇什么。”汤姆感激地说，“那个人已经孤注一掷，找了一个这么偏僻的地方袭击我。你的白色洗衣液泼得太及时了。”

“是啊，斯威夫特先生，泼得还挺准。这家伙恶贯满盈，该泼，要不然，他会生出更多事端。”

“我希望，经过这件事，他可以消失一段时间。”汤姆虽然这么说，可还是有些忧心忡忡的样子。显而易见，“乐天哈利”帮还在肖普顿附近一带游荡，而且莫尔斯胆敢在光天化日之下围堵我们的主人公，说明他根本就不惧怕警察。

“斯威夫特先生，如果你想要抓住他，可以沿着地上滴落的白色洗衣液寻找他的足迹。”伊瑞德卡特指着地上莫尔斯走时留下的白色印记说道。

“不用了，我跟他还是越少打交道越好。”汤姆回答道，“我都不知道该怎么感谢你才好。你多次帮我度过危机：你帮我找到坏蛋安身的旧宅；你警示我当心安迪·福格在路上布下的圆木；今天，你又帮我摆脱了莫尔斯。”

“哦，不用谢。你也帮了我很多。而且，我的骡子飞镖真不错。刚才我正准备驾着马车去洗衣，看到你在地上摆弄机器，我认出是你，但是没看到那个盗贼。后来，我看到他抓你，才知道他要对付你。因此，我吆喝飞镖快一些。平时，我希望骡子跑快一些，它却总是慢腾腾的；我希望它慢一些，它却总是跑得飞快。但是，今天它知道我要帮你，就飞快地跑来了。白色洗衣液是我准备洗衣服用的，没想到在这儿派上了大用场。”

“它真是你用过的最好的武器。”汤姆感激地说。

“别这么说，斯威夫特先生，我没什么武器。”显然，伊瑞德卡特压根儿没明白汤姆的意思，“我没带剃须刀，因为我把它落在家里了。我根本没武器，只用了洗衣液。”

“我就是打个比方。”汤姆回答道。他看出黑人头脑简单，误解了他话里的原意，于是，努力使自己不要笑出来。“太感谢你了，我这儿有50美分，赔你的洗衣液吧。”

“哦，不用了，斯威夫特先生。我不能拿你的钱，我可以自己去买洗衣液的。”

但是，汤姆坚持给了他，然后扶起摩托车，准备走。伊瑞德卡特想要再讲一遍他家骡子的光辉事迹，但是汤姆已经没时间去听了。

“斯威夫特先生，我真的没什么武器，没有任何武器，哪怕一个剃须刀都没有。”伊瑞德卡特喋喋不休地重复道，“只有一桶洗衣液，你非得说是武器。”

“呵呵，其实它也算是一种工具吧。”汤姆只好承认道。当他扶摩托车时，他不由自主地笑起来，说道：“伊瑞德卡特，下周到我家来吧。我们有一些脏东西需要清洗。”

“斯威夫特先生，我一定去。我叫伊瑞德卡特（名字有清洗之意），我的工作就是清洗脏物。刚才那家伙看起来很脏，也需要清洗一下，是吧？飞镖，现在，让我们看看你能跑多快。”

但是，骡子似乎对自己刚才的所作所为非常满意，就在汤姆骑了好一段路回头看的时候，他发现那骡子还待在原地，黑人正努力让那个懒家伙动起来。

回到家后，汤姆并没有将遇到莫尔斯的事情告诉父亲，而是告诉了夏普先生。

“我真想抓住那个恶棍和他的同伙。”热气球驾驶员气愤地说，“我想把他装进飞艇，带到空中，然后把他扔到湖里去。他是个坏蛋，其他同伙也是。你想知道他们在此晃荡的目的是什么吗？”

“我猜不透。”汤姆回答道，“我希望父亲不要听到他们的名字，否则又要担心了。而且，他们的出现会干扰父亲的新发明。”

“他还没有告诉你他在发明什么东西吗？”

“没有，我不喜欢去问他。不过，那天他说新发明是飞艇的竞争对手，只不过略有差异。”

“他的话是什么意思呢？”

“很难讲。但是，我不认为他的发明能比我们的飞艇还好，尽管他是我的爸爸，而且是世界上最好的爸爸。”汤姆开玩笑地说，“好了，我已经把螺钉买回来了，我们投入工作吧，我很期待我们的试飞。”

“我更期待。我很希望看到我的点子从理论转化为实际时，究竟是什么样子的。”

汤姆和夏普先生又忙活了一周左右的时间，杰克逊先生也来帮助他们。发动机和它的20个汽缸安装好了，大型铝制容器也被固定到了飞机的架子上。控制飞艇上下和左右飞行的两个方向舵已经安装完毕，方向盘以及制动发动机的制动杆也已安装完毕。

一天晚上，当热气球驾驶员和汤姆站在大房子前看着他们的作品时，热气球驾驶员说：“目前剩下的两件事就是给飞艇

找个停放地，并给它喷漆了。”

“咱们给飞艇找停放地之前能不能进行一次试飞呢？”年轻的发明家问道。

“不可以。飞艇没喷漆之前，我们不能让它飞向天空。如果我们进入潮湿、云雾大的高空，可能会使飞艇的部分零部件生锈。”

“那我们明天就喷漆吧。漆一干，我们马上就可以进行试飞了。”

“好吧。我明天早晨第一件事就是调漆。”

机器喷漆工艺非常精细，花了整整两天时间才弄完，汤姆看着它，眼睛里流露出赞赏的神情。

“我们该给飞艇取个名字了。”夏普先生一边把鼻尖上的一丁点油漆弄掉，一边建议道。

“是的，”汤姆赞同他的提议，说道，“等一下，我想到一个好名字——红云。”

“红云？”夏普先生问道。

“是的，”汤姆非常激动地喊道，“飞艇是红色的——至少大铝制气体罐上的漆是红色的，而且我们期待它飞翔到云端之上。因此，取‘红云’这个名字再恰当不过了。”

“好吧，就叫这个名字。”热气球驾驶员同意道，“如果我现在有牛奶或是类似的东西，那么我们应该举行一个命名仪式。”

“我们应该请一位年轻的姑娘，”汤姆建议道，“人们总是请年轻姑娘给飞艇命名。”

“你有合适的人选吗？”夏普先生轻声问道。汤姆的脸一下子红了，他回答道：“哦，不，我没有合适的人选。你去张罗吧，我不管。”

“依我看，本来玛丽·奈斯特小姐是命名仪式的最合适人选。”夏普先生眼睛里闪过一丝亮光，他接着说道，“现在，我就勉为其难给‘红云’号飞艇张罗命名仪式吧。”说完，他把一些水洒到红色铝制气体罐上。

“红云，明天就看你的啦！”汤姆激动地大声喊道。

试飞那天天气非常好。原本，他们希望能够尽可能在秘密的情况下制造飞艇，但是现在肖普顿已经有许多人知道了，因为安迪·福格已经把消息散布出去了。

“我希望，在我们的飞艇飞上蓝天的时候没有太多人围观。”汤姆边说边和夏普先生走到停机坪里，他们将对“红云”号飞艇的试飞做最后的准备工作，“这样，如果我们试飞不成功，就不会有人嘲笑我们了。”

“别担心，我们会顺利飞上天的。”夏普先生非常肯定地说，“我唯一担心的事情就是我们的速度。我希望它能飞得快一些，但是在对发动机进行调试之前，速度可能不会很快。不过，我们一定能飞起来的。”

气体发生器已经启动了，铝制容器里的蒸汽在嘶嘶地发生反应。他们计划飞艇在气体的提升力作用下飞上蓝天，而不能使用跑道助跑起飞的模式，因为车间附近的场地比较狭小。

当反应产生的蒸汽越来越多，并且足以使飞艇起飞时，停机坪的大门便被打开了。汤姆和夏普先生在盖热特和斯威夫特先生的帮助下，将飞艇慢慢推了出来。

“看啊，飞艇出来了！”斯威夫特家院子周围的栅栏外传来了一个声音，“他们出来了！”

“安迪·福格在人堆里。”汤姆冷笑道，“希望我们不会失败。”

“我们不会失败的，不要担心。”夏普先生安慰他说。

栅栏外的说话声渐渐多起来了。尽管是早晨，来观看飞艇试飞的人越聚越多，是一群男孩子，还有几个男人。显然，汤姆他们进行试飞的消息已经被泄露出去了。

随着蒸汽越来越多，飞艇变得越来越轻。它的下端被几根粗绳子固定在地面上。夏普先生进入飞艇下方的“肚子”里。

“汤姆，来吧，”热气球驾驶员喊道，“我们就要准备起飞了。斯威夫特先生和盖热特，你们也过来吗？”

“下次吧。”老发明家说道，“看起来你们能成功。我等着你们试飞成功归来。”

“盖热特先生，你呢？”汤姆一边爬进“肚子”，一边问工程师。

“我待在地面就行了。”盖热特笑着回答道，“过了65岁，摔折的骨头就没那么容易复原啊。”

“但是我们不会跌落下来的。”夏普先生大声宣布道，“汤姆，一切准备就绪。起飞！我们走了！”

飞艇下端的粗绳子被解开，扔在了一边。起初，飞艇缓缓升起，然后猛地加速，好像它对自己越来越有信心似的，像巨鸟一般直冲云霄。它越升越高，高过汤姆家的房子，高过停机坪，越飞越高，越飞越高！

“它在那儿！”草地上的男孩们大声地叫起来，偶尔能听到男人们粗哑的欢呼声。

“太棒了！”汤姆对热气球驾驶员轻声地说，“我们起飞了！”他边说边向爸爸和盖热特挥手。

“我早就告诉你了，我们能成功的！”夏普先生自信地说，“再过一分钟，我就要启动螺旋桨了。”

“哦，天哪，上帝保佑！”管家伯格特夫人一边从屋子里跑出来挥着手，一边喊道，“我担心他们会掉下来！”

当她抬起头来望向天空时，汤姆向她挥挥手，飞了一个吻。尽管这是汤姆第一次坐着飞艇飞上蓝天，他却一点都不害怕。夏普先生特别笃定，就像一位老船长在大西洋上进行第一百次航行一样。

“开启主开关。”他指挥我们的主人公汤姆。汤姆按照他的吩咐走到飞艇的“肚子”中部，开启了主开关。夏普先生拉起几个操作杆，调节了几个针阀，然后，嘣的一声，巨型的20个汽缸发动机启动了。

夏普先生掌握着方向盘，过了一会儿，飞艇就飞得越来越平稳了。然后，他快速启动双螺旋桨，它们也开始快速地转动起来。

“我们飞走喽！”汤姆大声叫喊起来，“红云”现在已经在500英尺的空中向前飞，就像船行驶在水中一样。它飞得如此顺利而平稳，就好像它生在云彩里似的。

“它能行！它真的能行！”热气球驾驶员喊道，“现在我们来试试升降方向舵。”“红云”的速度不断增加，夏普先生根据飞机的倾斜方式，慢慢调整倾斜角度。很快，飞艇斜冲上云霄，以斯威夫特先生希望的速度穿过云层，下面传来男孩子和男人们阵阵羡慕的欢呼声。

撞上尖塔

“看起来挺顺利的！”汤姆站在一堆开关旁边，面朝夏普先生说道。

“当然了！”夏普先生回应道，“我预计飞艇会正常运转，但没想到它表现得如此神勇。我们现在的速度还可以，如果发动机磨合好了，速度还能再快一些。”

“我们现在的高度是多少？”汤姆问道。

“接近3000英尺了，”热气球驾驶员回答说，“你希望它飞得更高一些吗？”

“不，不需要。”汤姆停下手里的工作说道，他的呼吸变得非常急促。

“没事的，”夏普先生注意到他的同伴因为飞行高度太高而有些难受，于是急忙对他说，“人们第一次进入空气稀薄的高空都会这样的，就好像爬一座高山爬到山顶时那样。尽量缓缓呼吸，频繁地吞咽口水，这样会缓解耳鼓的压力。我现在把飞艇降低一些。”

汤姆听从了他的建议。热气球驾驶员调整了方向舵，将“红云”号飞艇向下飞行。汤姆立刻感觉舒服了一些，一方面是因为吞咽动作缓解了耳鼓的压力，另一方面是因为飞艇到了氧气稍充足的大气环境中，更接近地面上的氧气浓度。

“你现在感觉怎么样？”夏普先生问道。这会儿，飞艇飞得平稳多了。

“好多了。”汤姆立即回答道，“我不知道起初是什么原因导致呼吸不畅。”

“我第一次乘坐热气球时也碰到了这样的麻烦。”夏普先生滔滔不绝地说，“我们在这个高度飞上几英里，然后下降到距离地面100英尺以内的空中，看看‘红云’在不同的环境条件下表现得怎么样。”

透过飞艇下方“肚子”的玻璃窗，汤姆向下看去，他发出了一声惊呼。

“天哪，我们飞到了卡罗帕湖！”汤姆大声喊道，他简直不敢相信自己的眼睛。

“你现在才知道呀。”夏普先生边说边笑了起来，“在这片湖水之上，我这次的体验可比上次好多了。”他想起上次气球意外燃烧的事情，不禁心有余悸。

从飞艇上看下去，湖水在绿野之间一览无余，就像一面银色的大镜子一样。汤姆可以看到一条小溪汇入湖中，环顾四周，他还看到小镇、村庄，甚至远处的城市，其间镶嵌着一片片宽广的农场或一块块迷人的绿地，就像一个巨大的乡村万花筒一样。

“太棒了！”汤姆激动地说，“能看到这样美丽的风景真是太棒了！”

“哦，这些不算什么。”夏普先生回应道，“等这艘飞艇表现得更棒一些时，我们将进行一次长途旅行。现在，我们的高度是500英尺。在这个高度下，我们再飞一阵子。”

现在，地球上的景物看起来更清晰了。汤姆可以看到，人们一边指着天空中的这个庞然大物，一边激动地跑着。他们离开肖普顿已经几英里了，机器的运转一切正常，发动机和蒸汽缸吐着气，看起来像一只巨猫在咕噜咕噜地叫着。

汤姆一边欣赏着美景，一边悠悠地说："如果我们有吃的东西带过来，现在就可以午餐了。"

他的同伴随声附和道："是的。但是，我认为我们现在应该回去了。你的父亲可能等着急了。汤姆，过来，我给你演示一下如何操作方向舵。我们再下降一点点。"

夏普先生压下方向舵，"红云"号飞艇向下飞去。然后，飞艇调过头来，年轻的发明家被允许亲自操作。事后，他说，就好像在为一大团软绵绵的云彩导航一样。

"直接朝肖普顿方向飞。"夏普先生给汤姆解释了各种不同的方向舵和操作杆的用法，然后指挥他开飞艇。

"向前进。"汤姆模仿水手的语气回答道，"'红云'太棒了！它已经跟我的摩托艇打成平手了！"

"不管在什么情况下，'红云'的速度都更快一些。"夏普先生品头论足道，"你继续平稳驾驶，我去检查一下引擎，防止它过热。"

他随即去了里面装满各种机器的机舱或者说"肚子"里，而汤姆则留在小小的驾驶操控室里。汤姆朝脚下看去，不禁惊出一身冷汗，地面上黑压压的人群对着飞过他们头顶的红色庞然大物指指点点。很快，广袤的原野渐行渐远，飞艇飞到大城市了。

“偌科斯蒙。”汤姆自言自语道，“我们到了离家大约55英里的地方。照这个速度，很快我们就可以到达飞艇停机坪了。目前的飞行高度是155英尺。”他看了看读数表，继续自言自语道，“飞艇需要升高几英尺，我的身体会适应吗？”

他拉起操作杆，再向左推了一下。“红云”立即有所反应，但是，很快他就感觉有点不对劲了。他惊恐万分，四下张望，但没发现异常情况。然而，几分钟之后，飞艇就突然朝着地面快速地俯冲下去。紧接着，它的速度越来越快。突然，它直接向一座大型建筑物角上高高的装饰塔撞去。

“夏普先生！夏普先生！”汤姆大叫道，“不好啦！我们撞向一座塔了！”

“赶紧朝旁边移动！”热气球驾驶员喊道。

汤姆试了试，但是他发现舵柄被卡住了，水平方向舵失灵了。时间一分一秒地过去，飞艇看起来马上就要撞上了。

“我们快要撞上房屋了！”汤姆大声喊道，“最好切掉电源！”

双螺旋桨飞速旋转，像光晕一样。夏普先生飞快地跑过来，汤姆连忙把操作柄让给他。热气球驾驶员试着改变飞艇的

航向，但也是徒劳。他让汤姆赶紧拉下电源开关，年轻的发明家便赶紧过去将发动机上的电源切断了。

然而，太迟了！“红云”直接撞向装饰塔。突然间，火光一闪，双螺旋桨被撞得粉碎，双桨也被折断了，铝制气体罐的“鼻头”部分敲掉了塔上的砖块。然后，飞艇像无头苍蝇般慢慢在屋顶上停了下来。

“我们完蛋了！”汤姆大喊一声，他的声音里显然流露出一丝绝望。

“没什么！不要担心！事情还不算太糟糕！这不是我第一次出事故了。只是螺旋桨坏了，再做一个不是特别困难。”夏普先生急促地说道。他让气体罐里的气体多冒出去一些，这样飞艇的浮力就不会太大，以便它停留在屋顶上。

为了查看是不是有更多的仪器遭到损坏，热气球驾驶员和汤姆从飞艇“肚子”里的窗口看过去，暗自庆幸方向舵没有遭到大的损坏。正在这时，他们在屋顶上看到一个上了年纪的妇人带着一群小姑娘走了过来。她戴着眼镜，看起来是个干脆利落的老太太。

“要我说，这可不是什么好的庆祝仪式。”戴眼镜的老太太说道，“你们怎么弄成这样了呢？”

“夫人，只是一次意外罢了。”夏普先生取下他的帽子，向老太太鞠了一躬，说。

“我看不是意外，是事故。这栋建筑的塔顶被损坏了，我担心会影响到地基。你们必须赔偿损失！”老太太一转身，看到两个女孩吃惊而非羡慕地看着飞艇，她冲着她们喊道：“孩子们！赶紧回你们的房间去！你们怎么未经允许就过来了？”

“哦，佩科曼小姐！”其中一个孩子回答道，“我们没见过飞艇，了解飞艇对我们的自然哲学课很有帮助。”

汤姆看着那个说话的女孩，惊呼道：“玛丽·奈斯特！”

“汤姆，哦不，斯威夫特先生！”女孩也很吃惊，“你怎么到这里来了？”

“我也正要问你同样的问题。”汤姆伶牙俐齿地说道，“我们飞到这来的。”

“姑娘们！安静一下！”佩科曼小姐喊道，显然她是孩子们学校的校长，“你们任何一个，如果胆敢未经我的允许跟他们说话，我就让他们好好地赔偿我们学院的损失。”说着，她走向刚从飞艇“肚子”里出来的夏普先生，同时还不忘朝孩子们加上一句道：“立即回到你们的房间去！”尽管佩科曼小姐再次命令，孩子们还是一动不动。对她们来说，飞艇的吸引力实在太大了。

突降屋顶

有好几分钟夏普先生一直在仔细查看飞艇的状况，查看飞艇的不同部位是否有损坏的情况，他是如此地全神贯注，以至于第一次跟女校长打完招呼之后就没去注意她的存在。可佩科曼小姐无法容忍自己被忽视。

“你们把我们学校的塔损坏了，需要赔偿我们的损失。”她继续说，“我也可以要求你们赔偿由于侵犯我们的屋顶而造成的损失，我保留这一权利。孩子们，你们还不回到自己的房间吗？”

“求求你，让我们待在这儿吧，”玛丽·奈斯特请求道，她就站在汤姆的旁边，“或许斯威夫特教授会到我们学校开讲座，讲讲关于云团、气流等诸如此类的知识。”女孩害羞地继续说着，一边微笑地看着旁边局促不安的汤姆。

“是啊。如果现在有一名教授在场，倒是获得知识的好机会。”老妇人说道。她下意识地捋了捋自己的头发，扶正自己鼻梁上的金丝眼镜。她对夏普先生继续说道：“教授，我谨代表偌科斯蒙女子学院，暂时不要求你们赔偿损失，不过你要来我们学校讲讲气流方面的知识。”

“哦，我不是教授，”夏普先生随即回答道，“我是一名专业热气球驾驶员，跳伞员。我想你说的应该是我的朋友，他非常聪明，达到了教授的水平，他发明了许多东西。对了，我们需要赔偿多少钱？”

“没有教授？”佩科曼小姐愤慨地说，“为什么我从玛丽·奈斯特话语中觉得她在称呼谁教授？”

“我指的是我的朋友——斯威夫特先生，”玛丽说，“他的父亲是一名教授。是吧？汤姆。我说的是斯威夫特先生。”

“我知道我父亲有职称，但是他从来都没用过。”汤姆回答。

“哈！我被忽悠了！这里压根儿就没教授！”老妇人停顿了一下，好像要惩罚谁似的，“孩子们，最后一次警告你们，赶紧回到自己的房间！”她指着孩子们来的方向说。

“汤姆，哦，斯威夫特先生，说点什么吧。”玛丽·奈斯特低声朝我们的主人公央求道，“你也可以开个讲座。女孩们对飞艇非常着迷，只是这个老妖婆不允许。说点什么吧。”

“我，我，我不知道说什么。”汤姆结结巴巴地说。

但是，就在这时，几个女人，显然是学校的老师从屋顶那边走过来，将他从困境中解救出来。

“哦，一艘飞艇！”其中一个喊道，“好可爱呀！我们还以为是地震呢，吓得好一阵子都不敢出来。不过，竟然是一艘飞艇！我一直非常想看飞艇，现在终于如愿以偿了。我的自然地理学和自然历史学课程就有得讲啦。孩子们，我来给你们讲讲。”

“德拉菲尔德小姐，你对飞艇了解得很透彻，可以讲一次课了？”佩科曼小姐冷嘲热讽道。

“我了解的知识足够使我们班从中受益了。”那个漂亮的女教师说道。

“哈！太好了！”佩科曼小姐让步了，“孩子们，你们好好听听德拉菲尔德小姐讲什么，我相信你们会从中受益的。与此同时，我要跟我们的不速之客谈谈有关赔偿的问题。偌科斯蒙女子学院的学生们被此事干扰，实在太令人遗憾了。先生，我要跟你谈谈。”佩科曼小姐一边说，一边用长手指指着夏普先生。

“孩子们，注意了！”德拉菲尔德姐叫道，“你们看到的顶部的大型红色物件，叫做……”

“我觉得还不如由你来讲。”玛丽·奈斯特对汤姆悄悄说道，“来吧，我们到另一边。我可以带几个朋友一起吗？我受不了德拉菲尔德小姐的课了，她总以为自己无所不知。如果我们溜到另一边，她不会发现的。”

“我很乐意这么做。”汤姆回答道，“我只是担心，可能需要帮帮夏普先生。”

“汤姆，不要担心我。”热气球驾驶员偶然间听到了他的话，随即说道，“等下我来向女校长解释。在这方面，我是老手了。有好多次我将热气球落到农民的玉米地里，为此不得不赔偿人家的损失。我来应付女校长，你们年轻人一边玩去吧。”然后，夏普先生俏皮地眨了眨眼，朝着女校长站立的地方走去。尽管她对飞艇造成的损害颇有微词，不过仍饶有兴趣地观察起飞艇来。

汤姆很高兴有机会跟他这位年轻的女性朋友说话，于是跟随她及她的几位朋友溜到了飞艇的另一边。在那里，汤姆向她们详细地讲解了“红云”号飞艇的制作过程，以及他的第一次空中飞行的感受。而这一边，德拉菲尔德小姐正在给全校的学生们讲解航空学知识，她认为自己什么都知道。

夏普先生的确擅长如何向愤怒的女校长“解释”事故原因，因为，只一会儿的工夫，她就面带微笑了。此时，汤姆才刚刚完成他的小讲座，而德拉菲尔德小姐的课程也接近了尾声。全校的女孩子们都聚在“红云”旁边，好奇地评头论足，而玛丽·奈斯特和她的朋友们学到的知识更多。有人告诉汤姆，在偌科斯蒙德学校秋季开学时，他的朋友就会去上课了。

“我根本没有想到，我们的飞艇撞向塔顶的时候，你们就在下面读书。”年轻的发明家对女孩说道。

“我恐怕没有怎么专心读书，”女孩坦白道，“透过窗户，我瞥到了一艘飞艇。当碰撞事故发生的时候，我还在想谁在里面呢。除了勇敢，佩科曼小姐别无他长。她立即跑到屋顶边，于是我们就跟过来了。你准备怎么把飞艇弄下去呢？”

“恐怕要费一番功夫了！”汤姆承认道，“仪器出了故障，要不然不会发生这种事情的。夏普先生一跟你们的校长谈妥，我们就去看看该如何处理飞艇才好。”

“我猜他已经谈妥了，”奈斯特小姐看到了夏普先生，于是她说道，“你看，他过来了。”

热气球驾驶员和女校长站在一起，女校长看起来已经怒气渐消。

“你想想，”夏普先生对校长说，“这次事件对你们学校其实是一个很好的宣传啊。学校屋顶曾经停歇过超级飞艇‘红云’呀。”

“我从未这样想过。”校长承认，“或许你是对的，我会把这件事写进学校日志里。”

“至于对塔顶造成的损害，我会赔偿你55美元。”热气球驾驶员一边继续说，一边向汤姆询问道，“斯威夫特先生，你同意吗？我想你的父亲——我们的教授会觉得这样很公平合理的。”

“哦，既然这艘飞艇教授有一半的所有权，我认为35美元的赔偿比较合理。”佩科曼小姐插话道，“我是教授的粉丝。当然，我指的是教学层面。”她继续说道，引得一旁的年轻女教师们咯咯地轻笑。

“不，55美元很合理。”夏普先生一边拿出一个考究的钱夹，一边说，“我现在就赔给你。”

“如果你愿意等一下，我给你开一个收据。”女校长继续说道。显然，她不仅是教授的粉丝，还是金钱的粉丝。

“我们准备下去了。”热气球驾驶员对汤姆轻声说道。那边女校长已经下去，回到教室了。

“打发老太太容易，把飞艇弄下去可就难了。”汤姆无奈地说道。

“不要担心，把这件事交给我好了。”夏普先生说，他就是这么个不急不躁的人。

佩科曼小姐把赔偿塔顶的收据交给他俩，还表达了不久将邀请斯威夫特教授来学校授课的美好愿望。然后，她便跟夏普先生和汤姆就此别过。

“姑娘们，回到你们的教室去！”她命令道，“你们已经了解到足够多的飞艇知识了。把它弄下屋顶会有一定的危险性。”

“你要不要留下来，到飞艇里坐一坐呢？”汤姆问玛丽·奈斯特小姐。

“我当然愿意了，”她大胆地回答道，“它比摩托艇还好。我真的可以进去吗？”

“等我们将来能熟练掌控飞艇的时候吧。”他跟她握了握手，说道。

“现在，让我们来处理更棘手的事情吧。”等屋顶边最后一批老师和学生散去，汤姆对夏普先生说道。但是，他们仍可以看到建筑物的窗户边挤满了人头，而且下面的街道上更是人头攒动，人们似乎在发表各种各样的建议。

“哦，我们没料到还有这么艰巨的任务。”夏普先生说道，“首先，我们把方向舵和仪器修一修；然后，制造出更多的气体，将飞艇升起来；然后，飞回家。”

“但是，折断的螺旋桨怎么办呢？”汤姆问道。

“我们可以用单桨或者双桨飞行，但是维修起来没那么快。不用太担心，我们会顺利离开这里的。”热气球驾驶员特别肯定地说道。

实际上，当汤姆将仪器归位并维修方向舵的时候，事情也并没有他原本想象的那么困难。之后，他们把撞碎的螺旋桨拆掉，气体罐也正常运转起来了。远处窗户里还有学生们

在观看，街道上也有一群人在围观，因为飞艇出事的消息很快被传播出去。在这些人的注目礼中，汤姆和他的朋友准备起飞了。

他们按照之前在家里进行的程序那样起飞。不一会儿，飞艇就升到学校上空了。汤姆幻想着有一双手朝着他挥舞，于是，他从飞艇“肚子”里的窗户向外看去。他的确看到有人朝自己挥手，但是有好多漂亮的女孩都在挥手，因此尽管他的视力很好，也无法从中看到自己期待的那双手。不管怎样，飞艇现在已经启动了引擎，在空中飞行了。夏普先生发现，即便是单螺旋桨，“红云”号飞艇也表现得非常好，速度也很快。

“现在我们回家吧，回去把所有零件修整一下，准备进行下一次更远的旅行。”热气球驾驶员对年轻的发明家说道。他们的飞艇调头，改变方向飞走了，地面上几百号人欢呼起来。

“我们要是多带一个螺旋桨就好了，那样就不会撞向学校的塔顶了。”汤姆有些懊恼，“我简直就是个倒霉蛋。”

“胡说！这根本就不是你的错。”夏普先生用温暖的话语安慰他说，“即便是我来操作，结果也一样。但是，得到这次教训之后，我们下次要带一个备用的螺旋桨了。”

一小时之后，他们到达了巨大的停机坪，“红云”号安全地降落了。斯威夫特先生一直在焦急地等待他的儿子和朋友，现在看到他们毫发无损地回来了，特别高兴。

“大约一星期后，我们将进行一次更远的飞行。”夏普先生激动地说，“斯威夫特先生，你会加入的，对吗？”

老发明家慢慢地摇摇头。

“我不能长途旅行。”他说道，“我本应跟你们一起去试飞的，但我有更重要的事情去做，那好像是一次更艰难的冒险。”说完，他转过身去，并没有做任何解释。但是，汤姆和夏普先生很快就明白了。

安迪使诈

热气球驾驶员和年轻的发明家一点儿也不敢懈怠，他们开始维修撞上塔顶受损的“红云”号飞艇。重建的最重要一环是修补螺旋桨，而且夏普先生决定制造两个，而非一个螺旋桨，以备将来发生故障时使用。

汤姆的任务是研究机理，防止方向舵发生阻塞的情况，从而保证飞艇沿着正确的航向飞行。汤姆采用了一种简单却有效的装置，热气球驾驶员一看到就禁不住夸赞起来。

“你的这项发明都可以申请专利了。”他激动地说，“我建议你据此撰写几篇论文。”

“它看起来太简单了，”年轻的发明家谦逊地回答道，“而且我没有钱来申请专利。飞艇的制造数量不会太多，以至于我很难从中赚钱。”

“你就接受我的建议吧。”夏普先生坚持说，“未来飞艇的用途会很广泛，比你想象的要广泛得多。你最好将此装置申

请专利。”

后来，汤姆的确这么做了。而且，没过几年，他就暗自庆幸自己做对了，因为他从中赚了一笔钱。

他们花了好几天时间才把“红云”号飞艇维修好，准备进行另一次试飞。在停机坪上，在汤姆帮助夏普先生的过程中，年轻的发明家脑海里不断闪现出一个人的身影，我想不用说读者也知道这个人是谁了。

“她答应跟我一起去飞行，”汤姆思考着，“我希望她不要食言。但是在带她飞行之前，我要学习更多有关掌控飞艇的技术，以确保到时万无一失。还有奈德·牛顿，我也要带他去云海中畅游一番。我想，在将来的某一天下午，在飞行之前，带他来看一看飞艇里面的仪器装置。”

在撞塔顶事故发生大约一周之后，一天下午，夏普先生对汤姆说：“如果明天天气好，我们就试飞一次怎么样？你认为你父亲会跟我们一起飞行吗？”

“我不知道。”汤姆回答道，“他看起来沉浸在某件事情之中，这也太不寻常了。通常，他都会告诉我自己在做什么。但是，我想，他做好了就会告诉我们的。”

“好吧，如果他不想跟我们一起飞行，也不要勉强他了。他可能会紧张，毕竟飞艇是一种全新的飞行工具，我不希望搭载紧张不安的乘客。我也不希望自己因为这些乘客而分心，导致不能正确地操纵机器。”

“明天，我想带我的一个朋友过来看看。”年轻的发明家继续说道，“他的名字叫奈德·牛顿，你认识的。他想要跟我们一起飞行。”

“哦，没问题的。让他来吧。我们明天不会飞太高。经过气体助推方式升空之后，我会把飞艇降落到地面上，然后再尝试跑道助跑式升空。哦，可以把你的朋友带过来。”

第二天，奈德·牛顿非常高兴地收到了汤姆的邀请。尽管对于首次乘坐升入空中的飞艇有些诚惶诚恐，但最终奈德·牛顿还是同意与他的朋友一起飞行。他从银行请了半天假，匆匆吃过饭就来到了汤姆家。

“咱们去停机坪看看‘红云’吧。”年轻的发明家提议道，“夏普先生还没准备好起飞，我跟你讲讲飞艇吧。”

说着，汤姆领着奈德进入停机坪，走到一个阁楼上，这个阁楼与巨大的红色铝罐齐平。汤姆开始讲解仪器，奈德则饶有兴致地跟在他的后面。

“现在，我们进入了飞艇‘肚子’或者说机舱内，”汤姆继续说道，“我跟你说说进入云层飞行之后，我们应该怎么做。”

当他们从阁楼平台向上爬楼梯时，地面上传来了一阵嘈杂声，吸引了他们的注意。

“我猜是夏普先生来了。”奈德说。

汤姆倚在楼梯上向下看，随即他迅速地抓住了奈德的胳膊，示意他保持安静。

“快看。”年轻的发明家低声说。

“安迪·福格！”奈德低声说道，他扶着栏杆向下看去。

“是他。跟他一起来的还有山姆·斯奈德克和皮特·百利。我忘了关门，他们悄悄溜进来的。他们想干什么？”

“肯定是来搞破坏的。”奈德说道，“嘘！他们在说话。”

站在阁楼上的两个小伙子侧耳倾听。尽管地面上的坏小子说话声音不大，他们还是能清晰地听到对方在说什么。

“我们在他们的气袋上戳个窟窿吧，”山姆提议道，“这样他们就不会像他们表现出来的那么聪明了。”

“不，我们不能那么做。”安迪回答。

“为什么不呢？”皮特抗议道。

“因为气袋在停机坪的上方，而我不想爬上去。”

“你害怕了？”山姆轻蔑地说。

“我不怕！你再这么说，我揍你！而且气袋是金属铝制成的，没有斧头我们怎么凿开一个洞啊。如果用斧头，噪音太大，他们会听到的。”

“我们应该耍一下汤姆·斯威夫特，”皮特提议道，“他太嫩了。”

汤姆气得朝地面上的人挥了挥拳头。当然，他们并未看见他。

“有了！”安迪喊道。

“什么办法？”他的两个小跟班问道。

“我们切断飞机和方向舵上的一些电线，那样会使飞艇瘫痪。他们会以为电线是被拉断的。拿出你们的刀子，切断电线吧。快点，否则他们就抓住我们了。”

“都欺负到你头上了，”奈德轻声对汤姆说，“下去，把他们呵斥一顿。”

汤姆犹豫了，他迅速地看了一下阁楼，很快便转怒为喜。

“我有一个更好的办法。”他说。

“什么办法？”

“看到那堆垃圾了吗？”奈德点头，汤姆指着从阁楼地板上扫出来的垃圾，说道，“有许多刨花和锯末，另外还有混合油漆时留下的煤灰和灯黑。我们把这些垃圾扫到他们头上，把他们吓走。”

“好！”奈德小声笑道，“给我一个扫帚，你也留一个。”

两个小伙子从阁楼上向下看去，只见那个红头发、贼眉鼠眼的恶霸和他的跟班们已经拿出了小刀，正准备切断一些重要的电线。就在这时，汤姆一声令下，奈德用扫帚将一堆由尘

土、锯末和灯黑组成的垃圾清扫下去，恰好落在坏小子们的头上。刹那间，停机坪的下半部分看起来就像刮起了一阵尘土龙卷风一般。就在他们抬头想要看看是什么东西落下来时，更多的垃圾落在了他们脸上。

瞬间，小恶霸们白脸变黑脸，好像他们是刚从矿里走出来的煤矿工人一样。紧接着，传来一阵嚎叫声。

“哎呀！谁干的？”

“我要瞎了。棚架要倒塌了。”

“大家快跑。”安迪尖叫道，“要爆炸了！我们会被炸死的。”

就在这时，停机坪的大门被打开了，走进来的是夏普先生。他很吃惊地看到满身尘土、脸上黑乎乎的三个人正四处乱撞。

“安迪·福格，给你一个小小的教训，看你还来捣乱不！”汤姆喊道。

“你，你，你给我等着！”小恶霸气急败坏，话也说得结结巴巴。山姆和皮特疯狂地想要擦去脸上的尘土，结果适得其反。事情突如其来，他们太吃惊了，竟然不知道已经跑出了敞开的大门。

“真希望有更多的尘土撒在他们身上。”奈德哈哈大笑起来。

“有了！”汤姆喊道，他抓起之前用剩的一桶红色油漆，跑到阁楼边，看着刚刚跑出去又回来威胁他的恶霸们。

“再给你们一个纪念品。”年轻的发明家大声说完，随即将一桶红油漆泼了下去。这真是雪上加霜，之前的灰尘加上红色的油漆，使得每个人的脸看起来像印度魔怪一般。他们边走边试图抖去身上的尘土，结果从衣服上、脸上和手上不断淌下红色的油漆。

“最好你们自拍一张。”奈德一边从高处的窗户向下张望，一边喊道。

“是的，送给我们一张。”汤姆随声附和道。安迪抬头望着他们。他从左耳掏出一团油漆，从右脸扒下一团黑灰，挥动着拳头，怒吼着：“汤姆·斯威夫特，我跟你没完！”

“今天只是给你一个小小的警告，”年轻的发明家反驳道，“下次你再偷偷摸摸来破坏这艘飞艇，我可就对你不客气了，警察会把你抓起来。你应该吸取今天的教训，别没记性给忘了。”

现在，红发恶少的头发更红了，他被气得无话可说。当然，他也无话可辩，他的跟班也无法反驳。于是，他离开时在栅栏处的门上胡乱画了一条线，还从草地那扔东西过去。他们看起来狼狈不堪，不过这都是他们自作自受。

赢得大奖

“嗨，汤姆，发生什么事了？”夏普先生看到几个男孩逃走了，问道，“看起来你刚才干了件激动人心的事呀。”

“不，那几个家伙才感觉激动人心呢。”奈德得意地说，“我们觉得很好笑。”接着，两个小伙子给夏普先生讲了事情发生的经过。

“他们想破坏我们的飞艇，是吧？”夏普先生问道，“我希望我能抓住这几个家伙。不过，你对付他们的办法可能会和我做的一样棒。”

“是的。”汤姆说，“我必须去看看他们是否已经剪断了一些电线。”

好在汤姆和他朋友的反击动作够快，以至于那几个家伙还没来得及损坏“红云”号飞艇。

过了一会儿，飞艇离开停机坪，准备开始飞行。这次夏普先生和汤姆首次使用了气体助推器，而且奈德和斯威夫特先生作为乘客也一同参与飞行。这个大家伙升到了1000英尺的空中，然后往各种不同的方向飞，这吸引了聚集在斯威夫特家后院草地上的观众的目光。好在这次安迪·福格和他的跟班们并未出现在其中，他们或许正在忙着清洗身上的油漆和污渍呢。

尽管斯威夫特先生是第一次乘坐飞艇，他也并未表现得非常吃惊。实际上，他好像一直陷入沉思之中，而且思考的并非航空学方面的问题。汤姆注意到父亲出神的样子，去摇了摇他的头。显然，斯威夫特先生跟往常相比的确表现异常。

至于奈德·牛顿，他的喜悦之情溢于言表。起初，飞艇越升越高时，他有点不安。不过很快，他就将恐惧抛在了脑后，与汤姆一样享受着这次难得的经历。年轻的发明家正忙着帮助夏普先生控制仪器、方向舵和发动机。

飞了几英里之后，汤姆希望他们能再次飞到偌科斯蒙学院，但是夏普先生完成了几次旨在检验方向舵质量的气体排出后，建议返航。

“我们停到草坪上，试着用飞机起飞的方式升空。”夏普先生说道。这种情形是奈德和斯威夫特先生非常乐意看到的，因为这样就没有飞艇是如何运转的讲解了。汤姆的父亲想出去，但是奈德按照朋友的要求仍然待在飞艇里面。

双螺旋桨在飞速旋转，铝制容器里的气体已被全部排空，“红云”号飞艇在草地上向前冲。

“清理跑道！”夏普先生喊道，因为他看到人群挡住了去路。男人、女人和孩子们迅速让出了一个通道。这样，当飞艇获得足够的动力之后，夏普先生一声令下，汤姆拉起了方向舵的提升杆。首先进入空中的是“红云”的前端，风吹打着飞艇的外表面。过了一会儿，飞艇便飞到了人群的头顶上方。

“就是这样！”夏普先生喊道，“跟气体助推方式一样棒。”

飞艇越飞越高，到了一定高度之后，它便一会儿往这飞，一会儿往那飞，就像鸟一样自由飞翔，飞行的弧线像一个大大的圆圈。

“启动气体发生器，我们将在空中休息一会儿。”夏普先生说道。年轻的发明家照做了。随着容器中动力十足的气体越来越多，飞艇获得了足够的浮力。为保持它的浮力，无须再提高速度。螺旋桨停了下来，“红云”号飞艇浮在2000英尺高的空中，下方就是大团白色的云彩，“红云”的名字可谓名副其实。这次尝试非常成功。接着，气体再次被排出，螺旋桨被启动。现在飞艇又完全变成了飞机，向前从容飞去。飞机稳稳地停在距离出发地不远的草坪上，人们朝着勇敢的年轻人和夏普先生欢呼起来。

那天晚上，热气球驾驶员说道：“现在，我随时准备开始你想要的长途飞行。”

汤姆同意地说道：“我们准备一下，将飞艇舱装备好。”接着，他问道：“爸爸，你呢？”

“我？呃，你瞧，我要考虑一下。”说完，斯威夫特先生回到了他的房间，取出来一卷纸，里面有复杂的计算公式。

汤姆摇了摇头，什么都没说，他无法理解父亲的这一举动。

第二天，他们整理了飞艇舱，这样在需要时可供几个人在里面食宿两周。在这一切准备妥当后的第三天，汤姆和夏普先生收到一封不同寻常的邮件。这封信来自约100英里之外的布莱克威乐市的航空俱乐部，信中告诉他们两周内将举行飞艇和热气球比赛。这次盛事有奖金，旨在提高群众对运动的兴趣，也旨在展示航空学的进展情况。大赛组委会听说了“红云”号飞艇的发明情况，于是邀请他们来参加比赛。

“汤姆，我们去参加吧？”热气球驾驶员问道。

“如果你愿意参加，我也愿意去。”

“那我们就这么干吧。我们去看看自己的飞艇跟其他的飞艇相比，究竟水平如何。我了解这个航空俱乐部，比赛还好啦，估计规模不会太大。里面的管理者都不错，我曾经把自己制造的热气球展示给他们看。好吧，我们试试。能赢到奖金对我们来说也不是件坏事。等比赛结束后，我们再进行长途飞行。”

为了在比赛中取得胜利，他们需要更多地关注引擎、机翼和方向舵，而且由于飞艇“肚子”或者说机舱并非必需装备，他们进行了一些改装。一周之后，“红云”就离开了家，往布莱克威乐市进发。由于比赛规则中要求携带3名乘客，于是奈德·牛顿一同随行。为此，斯威夫特先生还亲自替奈德向银行行长请了假，这样奈德就可以有几天时间去参加比赛了。

傍晚时分，“红云”号飞艇到达了布莱克威乐市的比赛现场。路上因为坏了一个齿轮，他们在空中维修了好一阵子。到达时，他们看到有一架小型飞艇在低空飞行。

“看！”奈德激动地大声喊道，“好小的飞艇呀。”

“那是迷你飞机。”汤姆用专家的口吻说道。

“是的，这种迷你飞机还飞越过英吉利海峡呢。”夏普先生补充道，“尽管其他的飞机有时飞得还不错，但他们并不知道我们的厉害。”

正说着，吹来一阵大风，他们看到正在空中飞行的迷你飞机机身有点倾斜了。情急之下，它的机主赶紧降落。由于降落的速度太快，以至于一只机翼的尖端被撞得粉碎。

“他需要一天时间来维修这架飞机。”热气球驾驶员评

说道。

“红云”号飞艇缓慢地降落在大本营时引起了一阵轰动。显而易见，汤姆的“红云”是最好的飞行器。然而，俱乐部的管理者说，其他飞机正在飞来的途中。

第二天，比赛就开始了。但是直到第三天，才有飞机在空中试飞。后来，又有两架来到比赛现场，一架是三机翼的飞机，一架是可驾驶的热气球。许多参观者慕名而来。汤姆、奈德和夏普先生一直忙着认真解答涌入他们展位的围观群众所提出的各种问题。这天快结束时，一个矮个子的法国人径直走到汤姆站立的地方，操着浓重的口音问道：“你是飞行器的拥有者吗？”

“我是其中之一。”汤姆回答道。

“哈哈，太巧了。我和你是比赛对手了。我有一架迷你飞艇。我拿1000法郎跟你打赌，我的飞行高度会远远大于你的。”

“夏普先生，我们要应战吗？”汤姆问道。

“我们办完俱乐部要求的这些手续就去跟他比拼吧。”热气球驾驶员肯定地回答道，“但是，并非为了钱。那有违我的原则，我想你的父亲也不乐意。当然，比赛后获得奖金是另外一码事。”

“好吧，我会把这笔钱捐给慈善机构。”法国人退让道。

这样一来夏普先生便无法拒绝了。因此，他们计划在正式比赛之后再进行一次飞行比拼。

当天晚上，他们一直在调试"红云"号飞艇的各个部件，以应对第二天的比赛。他们将"红云"身上的每根电线都"梳理"了一遍，确保每一个齿轮、操作杆和阀门都完美无缺。奈德·牛顿给予了力所能及的帮助。布莱克威乐市的报纸连篇累牍地报道了这次航空比赛盛事，在此就毋庸赘述了。比赛时，"红云"轻易就将那架大的热气球甩得远远的，与三机翼飞机一度形成对抗态势，最终汤姆的"红云"号飞艇获得了大奖——一个精美的银色奖杯。

由于此次比赛规模不大，没有其他飞行器可以与"红云"号飞艇抗衡，因此汤姆和夏普先生只参加了一场，也就是他们获奖的那一场比赛。随后，在单翼和双翼飞艇的比赛中，小个子法国人赢了两场。

"现在我们来比试比试吧。"小个子法国人叫道。与此同时，他的助手正忙着给他的单翼飞艇加油。"我可以始终环绕着你飞行，可以上升，也可以俯冲，而且，在你开始飞行时，我就已经回到出发点了。"

"好吧，让我们等着瞧吧。"汤姆轻松地说道。然而，尽管他表面上看起来很自信，但比赛前，他还是悄悄地问夏普先生："你认为我们能打败他吗？"

“这个，”夏普先生耸了耸肩，“气流千变万化，我们没办法掌控一切。他的飞艇看起来会比我们的快，但是如果有风的话就会对他不利，而对我们有利。并且，我认为现在是微风。”

他们计划让“红云”号飞艇直接从地面升空，不使用气体，这样可使飞艇平稳升起。随着一声哨响，比赛开始了，发动机发出很大的轰鸣声。小个子法国人驾驶的单翼飞艇首先起飞了。

“哈哈，”他得意地说，“我把你们留在原地！你们有本事就快来追我吧。”

“不要让他得逞。”奈德请求道。

“你不能让它快一些吗？”汤姆问夏普先生。

热气球驾驶员笑着点点头，他将更多的汽油推到20汽缸的引擎里。于是，“红云”号飞艇像箭一样直冲云霄。但是，法国人也加快了速度，试图绕着“红云”号飞艇飞行，他的飞艇更轻一些。但是，当他想要这么做时，却被汤姆甩在身后。

“太棒了！我们赢了！”汤姆和奈德大声喊道。

这时，一阵狂风吹来。单翼飞艇不得不降低高度，因为在大风漩涡里飞行非常危险。但是，热气球驾驶员并未放弃，他稍稍降低了飞行高度，然后，开足马力，让它开始绕着其他飞艇飞行。

“我抗议！我抗议！”法国人说，“风太大了。”

夏普先生冷笑了一声，什么也没说，便操控飞艇往下俯冲；不一会儿，它就飞到了单翼飞艇的正下方；然后，飞艇快速上升，夏普先生便用飞艇的气体罐平台顶端“捉”住了法国人的飞艇。单翼飞艇的两个轮子停止运转，停在了平台上。于是，“红云”号飞艇带着法国人的单翼飞艇自由的飞翔。

“诡计！诡计！”法国人说，“这不公平。”

然后，降落时，夏普先生让单翼飞机依据自身的动力前进，他自己则迅速驾驶“红云”飞到了指定终点。当然，单翼飞艇被远远地甩在身后。

“哈！诡计！我明天再跟你们比，后天还要跟你们比。”被打败的法国人大声叫喊道。

“谢谢，不用了。”汤姆回答道，“够了。我猜慈善机构对你的捐款已经很满意了。”小个子法国人虽然失败了，但仍兑现了自己的诺言，将钱捐给布莱克威乐市的医院，院方很高兴得到了这笔善款。

第二天，在大赛组委会的要求下，夏普先生和汤姆进行了高空飞行表演，他们用自己的勇敢行为获得了阵阵惊叹。

“现在，我们完全有理由为这艘飞艇感到自豪。”那天晚上夏普先生说，“我们赢得了第一场比赛，还打败了飞行速度很快的单翼飞艇，这些都不容易，因为它们的飞行速度都很快。”

“但是，等着我们自己的长途飞行吧。”汤姆看着他们赢得的奖杯，补充道。当时，他丝毫没有意识到前面会遇到的危险。

失 控

如果“红云”号飞艇的发明者愿意，他们本可以在布莱克威乐市的航空展中多一些展示，或是在附近几个即将举办比赛的城市中获得更多的奖金。因为“红云”号飞艇已经声名远扬，有许多邀请函随之而来，邀请他们去参加比赛。

但是，汤姆和夏普先生希望在长途旅行中锻炼自己的飞行技巧。在布莱克威乐市的航空展闭幕之后，他们就回到了肖普顿。尽管汤姆傻傻地希望能再撞上某个学校的塔顶（当然，我不说你也知道是哪儿），然而飞艇却毫无闪失地着陆了。

回到家的第一件事情就是重新装备机舱。“红云”号飞艇回到停机坪之后，他们首次在里面安装了铺位，添加了电加热炉等厨房用具，还安装了罐子，用于存放生成气体的水和化学物质，以及各种测量用具等。当一切都摆放整齐后，机舱内几乎被塞满了。当然，他们调试了所有的部件，使飞艇在接下来的长途旅行中能够正常飞行。

“现在的问题是，”一天晚上，夏普先生对汤姆说，“我们要带谁一起走呢？我们俩当然要去了，我的意思是要额外带上谁呢？我不知道你的父亲是否愿意与我们一起飞行，不过他看起来对试飞还有点兴趣。”

“明天我问问他，”汤姆说，“他今天晚上非常忙碌。如果他不想去，盖热特·杰克逊倒是可以考虑。”

“恐怕不行。他太胆小了。”

“我愿意带上奈德·牛顿，但是银行那边可能不允许他离开太长时间。我想，还是得依靠爸爸。”

然而，让夏普先生和汤姆倍感意外的是，当他们将这件事情告诉斯威夫特先生时，老发明家摇了摇头。

“爸爸，你为什么不跟我们去呀？”他的儿子问道。

“告诉你们吧，”斯威夫特先生缓缓地说，“在我的事情有进展之前，暂时保密。但是我不想去，是因为我正在完善潜水艇上的一款新仪器。它将对水下的旅行产生革命性的影响，因此在完工之前，我不想离开家。还有一点，政府将对新型潜艇的发明者提供奖金，我想得到这笔钱。”

“那么，爸爸，这就是你一直在忙的事情吗？”汤姆问道。

“是的。我很愿意跟你们一起去，但是实在脱不开身。我需要将注意力集中在这件事情上，外出飞行会让我分心。我相信，一定会有成果的。而且，政府所提供的奖金不是一笔小数目。如果能成功制造一艘潜水艇，就会得到55000美元的奖金。”

斯威夫特先生还说了一些潜水艇的情况，在这里我就不多说了，我将会另写一本关于潜水艇的书。我想，读者现在关心的是“红云”号飞艇的长途旅行。

“那么，”夏普先生有点疑虑地说，“我们带上谁呢？汤姆，我们需要除了你、我之外的人。”

“我想我们可以带上伊瑞德卡特·桑普森和他的骡子飞镖。”汤姆笑着回答道，“但是，我不知道……”

就在这时，外边传来了一阵嘈杂声，可以听出是摩托车发动机的轰鸣声，不过，还混合着木头断裂的声音，接着整栋房子似乎震动起来。

“发生地震了吗？”斯威夫特先生一边喊道，一边起身赶紧跑到书房的窗户边。

“发生什么事了？”汤姆喊道。

“可能是飞艇里的气体爆炸了！”夏普先生一边高声喊道，一边跑向停机坪。但是，没用了。木头的断裂声终止了，在摩托车的轰鸣声中可以听到有人叫喊：“上帝保佑啊！保佑我的猫狗！天哪，怎么会这样！”

汤姆、他父亲和夏普先生跑到通往走廊的低矮大窗户旁，朝外看，看到走廊上的楼梯被一辆旅行车压坏了，上面坐着的人居然是惊魂未定的韦克菲尔德·达蒙先生。

“上帝保佑我的小马！”他继续有气无力地说道，“天哪，我干了什么呀！”

“发生什么事了？”汤姆迅速跑到他的身边，问道，“发生什么事了？你受伤了吗？”

“受伤？一点都没有。上帝保佑我的月长石！我死里逃生！但是，我损坏了你的走廊，而且我的汽车也被损坏了。你看到其他东西在追我吗？”

汤姆迷惑不解，他向公路上张望。在高速公路上，他看到了一些飞扬的尘土，里面传来微弱的突突突的声音。

“看起来那里有一辆汽车。”汤姆说道。

“感谢上帝！上帝保佑我的裤子！我从中逃脱了。”这个怪异的人喊道，他就是汤姆摩托车的卖主达蒙先生。

“逃脱了什么？”斯威夫特先生问道。

“那些人。他们在追我，等会儿我会解释。天哪！我怎么才能把汽车从你家的走廊里弄出来呢？”达蒙先生看起来非常痛苦。

“不要紧，”汤姆说，“我们会处理。告诉我们，究竟发生了什么事情？”

“是的。”达蒙先生渐渐平静下来，说道，“上帝保佑我的鞋扣！但是，我碰到了非常可怕的事情，他们是两个人。”

他继续说道：“我半公半私出了一趟差。驾驶着自己的汽车去出差是一件多么惬意的事情啊，我的医生建议我这么做，这样对我的健康有好处。这趟差事是运送一大笔现金到肖普顿银行。我在那里办好了储蓄手续，一切正常，就在出门时，我看到几个人在门口闲逛。我讨厌他们的长相，我看到他们用犀利的眼神盯着我。我想，我以前一定在哪儿见过他们，是的，的确见过他们。那两个人是‘乐天哈利’帮的。我……”

汤姆迅速地指了指自己的父亲，暗示达蒙先生不要大声说。好在斯威夫特先生正全神贯注地在从自己口袋里取出的一张纸上计算着什么，根本没有听到达蒙先生所说的话。达蒙先生明白了汤姆的意图，小声地说：“是的，我很不喜欢这帮人的长相，而且当我看到他们上下打量我，就想赶紧远离他们。我上了自己的汽车，却吃惊地发现他们也上了自己的汽车。我本来就是过来找你的，于是朝你家开来，而那几个神秘人一直在追我。结果，这场追逐变成了赛车。于是，我加足马力，朝你家开。汤姆，我想你一定会帮我的。我越开越快，他们也越开越快。眼瞅着他们就要追上我了，我本想放慢速度，拐个弯过来，结果汽车失去了控制。的确，我到这里了，不过不是以我想要的方式。上帝保佑我的长筒橡胶靴！太狼狈了，简直糟糕透了！你不知道我有多紧张。我摆脱了那帮歹徒，因为当他们看到我撞向走廊的台阶时，就逃之夭夭了。”

“可能他们怕你把他们碾得粉碎吧。”汤姆观察了一下，笑着说道，“但是，他们为什么要尾随你呢？”

“不知道！一点都不知道他们为什么要尾随我。上帝保佑我的火花塞！可能他们以为我很有钱吧。无论如何，我很高兴终于甩掉他们了！”

“你没受伤简直是万幸啊。”夏普先生说道。

“哦，我吗？我命大，总是能死里逃生。”这时，达蒙先

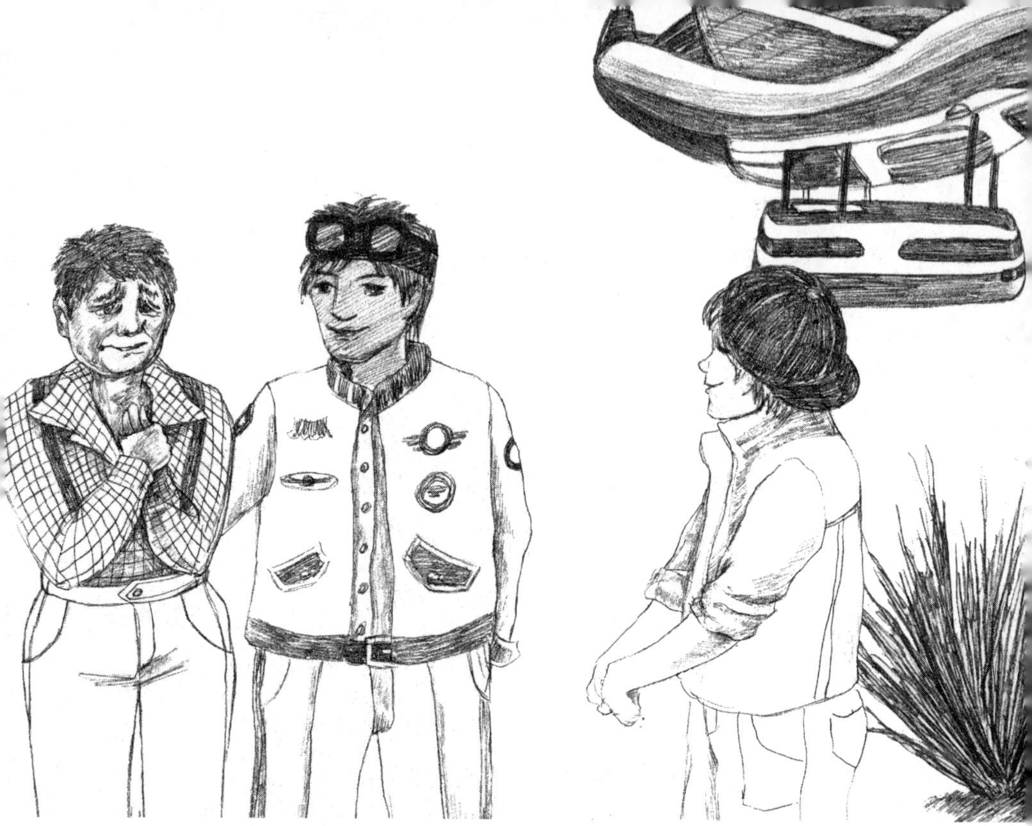

生看到了“红云”号飞艇停在巨大的停机坪里。于是，他问道：“那是什么？天哪，我的心脏还在扑通扑通地乱跳。”

“我们的新飞艇。”汤姆自豪地说，“我们正在计划驾驶它进行一次长途飞行，但是我们找不到第三个合适的人选。”

“第三个人？”达蒙先生激动地说，“你说的是真的吗？”

“是真的。”

“上帝保佑我的鞋带！你们可以带上我吗？”

“你说的是真的吗？”汤姆反过来问达蒙先生。此时，他正在预想着可能碰到的困难。

“我言而有信。”那个古怪的人回答道，“我对飞艇非常感兴趣，就算在云海里出了事也在所不惜。当然，如果可以选择，在汽车里出事还是好一点点。你们可以带上我吗？”

“当然可以！”汤姆热情地回应道，夏普先生也点头同意了。随后，汤姆把达蒙先生拉到一边，对他说：“几分钟后，我们就要走了。你能多跟我讲讲那几个神秘人的事情吗？”

神秘的作案工具

韦克菲尔德·达蒙扫了一眼斯威夫特先生，发明家沉浸在纸上的思考演算之中，完全忘记了身在何处，他甚至已经忘记了这位古怪的汽车驾驶员的存在。

“我不希望爸爸听到这帮人的事情。”汤姆压低声音说道，“一旦他听到‘乐天哈利’及其党羽们的事情，就会非常担心，工作上就会分心。你确定追赶你的就是曾经偷盗涡轮机模型的那帮人吗？”

“非常确信。”达蒙先生说，“我从银行出来的时候，把他们看得一清二楚。而且看到他们的时候，我非常吃惊，直到最终想起来他们已经出狱。”

“但是，为什么你觉得他们在追赶你呢？”

“这叫什么话，我相信自己的眼睛。我起初不敢断定他们是否在追赶我。但是，当我开车离开银行，他们就跟上来了。我很庆幸，在碰到他们之前就已经把钱存进银行了。我太紧张了，不能把控方向盘，以至于误打误撞地把车开到了你家的走廊台阶上。太糟糕了，我损坏了你家的房屋。”

“不要紧。但是，在飞艇里的长途旅行，你吃得消吗？我希望，当你说跟我们走的时候，是发自内心的，已经想好了的。”

“当然，我说话算话。我从未在空中飞行过，如果发生事故，应该不会比今天的汽车事故更严重吧。至少我不会撞上门廊，对吗？”达蒙先生望着夏普先生说道。

“不会的，”热气球驾驶员挠了挠头皮，回答道，“在飞艇里是很安全的。我希望，当飞艇升到高空时，你不会觉得难受。”

“哦，不会的。到时候我会让自己平静下来，回想这次死里逃生的幸运经历。”说着，达蒙先生看了看自己的汽车，它卡在走廊的台阶处，看起来非常奇怪。

“好吧，你最好收拾一下，跟我们一起飞行。”汤姆对达蒙先生说，“同时，我去把你的汽车弄下来。我想，你要把车开回去，是吗？”

“不用了，你先帮我保管吧。我的家人都外出了，要过一段时间才会回来。我不想回家让他们知道，而且不回去也是好事一桩，可以避免我的妻子知道我的飞艇旅行，然后阻挠我。如果你们不反对，我就待在这里，直到飞艇起航。希望

‘起航’这个词没有用错。”

“‘起航’这个词用得很好。”夏普先生回答道，“但是，汤姆，让我们来试试看能不能把汽车弄下来。达蒙先生也许需要进屋跟你父亲说一声。”这时，斯威夫特先生已经离开了走廊。

达蒙先生很高兴不用自己帮忙将车弄下来，于是他走进了屋子。汤姆和夏普先生在盖热特·杰克逊的帮助下，将汽车从走廊台阶上弄了出来。他们不得不拆掉栏杆，幸好接下来的事情就简单多了。他们把汽车停放在一个废弃的棚子里。直到后来飞艇起飞，达蒙先生再没有担心过此事。

“如果我神秘消失，就可以糊弄一下那帮坏蛋了。”说完，达蒙先生还诡异地笑道，“上帝保佑我的帽子！他们可能在想我怎么不见了，而我们已经钻进‘红云’号飞艇飞走了，这是他们想破脑袋也猜不出来的。”

“我不知道他们会怎么样。”汤姆说，“我猜，他们就在这附近注视着我们，我很讨厌他们这么干。而且，我担心他们会继续干坏事，真希望银行保安把他们关起来。我要打电话告诉奈德。”

他真的这么做了，而他的密友也通知了银行保安。但是自第二天起，这帮人再也没有出现过，而且，后来有人看到他们去了距离肖普顿很远的南边。

“红云”号飞艇的准备工作已经接近尾声，它被停放在停机坪内，还有几项调整工作需要完成。

“上帝保佑我的眼睫毛！”几天后，就在出发之前，达蒙先生喊道，“我都不知道，我们要飞向哪里。夏普先生，我们到底去哪儿呢？”

“我们计划去佐治亚州的亚特兰大。”热气球驾驶员回答道，“这是一次路途遥远的旅程，而且这个季节的风非常适合飞艇飞往亚特兰大方向。”

“那太好了！”达蒙先生宣布道，“我已经准备好了，迫不及待想要出发了。”

他们计划正式出发前先在肖普顿周边绕行几圈，试试装备重量大增之后的飞艇能否正常飞行。这次观光旅行朝着偌科斯蒙的方向进行，里面的乘客有斯威夫特先生、达蒙先生和奈德，除此之外，还有夏普先生和汤姆在驾驶室里。在汤姆的羞涩请求下，飞艇在女子学院附近短暂停留了一会儿，学生们倾巢而出，年轻的发明家问奈斯特小姐是否愿意跟他们同行。她同意了，并且带了两个漂亮的同伴，她们战战兢兢地钻进了机舱。飞行高度不是很高，但是女孩们很满意，她们非常享受在天空中的飞行，而汤姆在驾驶室自豪地驾驶着飞艇，夏普先生也甘愿将驾驶权让给汤姆，因为他非常理解汤姆内心的感受。

三天之后，去往亚特兰大的旅行准备工作一切就绪。汤姆和夏普先生热情地邀请斯威夫特先生随行，然而发明家却说他必须待在家里，认真研究潜水艇。

长途旅行开始的前一天晚上，热气球驾驶员和汤姆在停机坪对飞艇进行最后一次检查。这时，夏普先生建议说："汤姆，你最好去一趟镇上。"

"去干什么？"

"去拿我定制的一个工具袋，以便路途中需要维修时使用。里面有一些长柄的扳手、备用的操作杆，还有撑杆和小的零部件等。是五金器具商哈雷森特别为我从纽约弄来的，今天

下午就能准备好，我差点给忘了。你带一个旅行袋，放在摩托车上。我几乎忘了这事，实在太抱歉了，但是……”

“没关系，夏普先生。现在还不晚，我马上就出发。”

一小时之后，汤姆拿到了一个特别大的工具袋，并将它装入旅行袋中，准备回家。就在他经过银行（也就是奈德·牛顿工作的银行）外的拐弯处时，摩托车上的一个阀有点松了。于是，汤姆下车修理。当他修好后，正准备骑走时，街道上突然冒出来两个人——安迪·福格和山姆·施奈德克。他们看到了我们的主人公。

“他在那儿！”山姆大声喊道，看起来他和另一个红发恶霸说的是我们年轻的发明家。

“让我们截住他！”安迪提议说，“现在是我们报仇的好机会，上次我们被他们用油漆和灰尘泼惨了。”

汤姆听了他们说的话，一点都不怕。尽管他们俩个头、力气都比他大，但是汤姆知道他们是懦夫。

“如果你们还在找什么东西，我可以犒劳你们。”汤姆酷酷地说道。

“安迪，过来。”山姆催促道。但是，安迪却有些退缩了，也许是害怕汤姆这时摆出的自卫或者说是攻击的架势。年轻的发明家把摩托车后面的支撑架放下，以便他不用扶车把，空出两只手来。

“我们好好揍他一顿。”眯眯眼的小子狞笑着说。

“有种你们就来吧。”汤姆不客气地说。

汤姆准备把车移到一边，以免碍事，却不小心碰掉了装工具的旅行袋，里面的工具叮叮当当滚落到马路上，袋口大开。在路灯下，泛着微光的长柄扳手和其他工具吸引了安迪和他的同伙的目光。

“哈！如果我们跟你打，你肯定会拿出这些工具来对付我们。”安迪讥讽汤姆道。实际上，他内心里还有点高兴，因为终于找了个不用打架的借口。

汤姆迅速捡起旅行袋，合上袋口，但是他时刻在注意着那两个不怀好意之人的一举一动。

“我不会使用这些工具打架的。”汤姆有点被惹恼了，他把工具袋挂到了摩托车的后座上。

“这个时间你在银行这里做什么？”山姆问道，仿佛有意岔开话题，“首先，保安会命令你离开。他可能以为你是嫌疑犯。”

“你才是嫌疑犯呢。”汤姆毫不客气地回应道，“我现在要骑车走了，除非你还想跟我斗嘴。”

“你最好小心点，别在银行门前来回晃悠。”安迪补充道，“警察在门口守着，这里有神秘人物出没。”

汤姆并不介意他们转移话题，看起来两个恶霸已经失去了袭击他的兴趣，于是，他再次骑上摩托车。

“再见。”汤姆骑上车，对着安迪和山姆喊道。旅行袋里的工具碰撞后发出叮叮当当的声音，好似跟这二位恶霸进行滑稽的告别。然而，那二人并未回答。

“我希望刚才工具袋掉在地上时没有把工具弄坏。”年轻的发明家在心里对自己说道，“天哪，山姆和安迪盯着工具的眼神，好像我有一大批武器似的。他们的确看清楚了。”想到这里，汤姆几乎喊了出来。

实际上，没过多久，这件事情就给我们的主人公带来了极大的灾难。

“红云”起航

“爸爸，我真希望你跟我们一起去。”第二天早晨，汤姆对他的父亲说，“你根本不知道你错过了什么。几百英里的空中旅行，看尽美景，真是一趟美妙的旅程呀。”

“是的，我希望你能重新考虑自己的决定，和我们一起去。”达蒙先生也说道，“有你的陪伴，我会很开心。”

“空间很大，我们可以轻松地带上六个人。”夏普先生说。

斯威夫特先生摇摇头，笑了笑。

“我在家有许多工作要做。”他回答道，“或许等你们回来的时候，我就会让你们大吃一惊。我的新发明已经日臻完美了。”

没有多余的争论，与往常一样，汤姆和其他人尊重斯威夫特先生的决定。飞艇就要出发了，大家起得比以往任何时候都要早。汤姆去镇上取回的工具袋已经放在了合适的地方，最后一批供给品也被搬上了飞艇，所有的仪器都进行了最后的调试，发动机脱离螺旋桨进行了试运行。夏普先生宣布："万事俱备！汤姆，达蒙先生，你们最好想想路上的事情。早餐在家里吃，但还不知道在哪儿吃晚餐。"

"上帝保佑我的小心灵！不许这么说话！"达蒙先生不满地说，"你的话让我觉得好紧张。我们为什么不知道在哪儿吃晚饭呢？"

"哦，我的意思是，晚饭时不知道飞艇会飞到哪个地方了。"热气球驾驶员解释道。

"哦，我理解错了。上帝保佑我的小刀！我以为你的意思是飞艇出了事故，我们变成碎片，再也吃不到晚餐了。"

"不可能的事。"夏普先生胸有成竹地说，"我相信，'红云'没有你想象中那么脆弱。现在，请登机吧。"

汤姆和达蒙先生走进机舱。飞艇静静地停在地面上，如果不用气体膨胀的方法使飞艇起飞，那么就需要用到轮子。然而，在这种情形下，他们已经决定利用蒸汽使飞艇起飞，因此，还用不到机翼。飞艇起飞时有轻微的摇摆，在挣脱固定缆绳时仍有一点颠簸。

当汤姆和达蒙先生进入机舱时，斯威夫特家的院子里来了两个不速之客——伊瑞德卡特·桑普森和他的骡子飞镖。远远地，汤姆就已经听到黑人伊瑞德卡特·桑普森独特的说话声，他是汤姆的朋友。对伊瑞德卡特·桑普森来说，他可

是第一次看到这个巨大的飞艇，他的眼睛因为吃惊而变得好大。

“斯威夫特先生，这是你的飞行器吗？”他问道。

“伊瑞德卡特，是的。”汤姆回答，“你愿意跟我们一起去飞行吗？”

“我？天哪，斯威夫特先生，我没必要去。”洗衣工从他的骡子上下来，闪到一边，仿佛飞艇会突然生出一双巨大的爪子抓走他似的，“我没必要去。我只是一个洗衣工，我可不敢。这艘飞艇好大，看起来好吓人。”

“伊瑞德卡特，你最好过来试一下。”达蒙先生说道，“我会照顾你的。”

“不，先生，不要那样引诱我。”伊瑞德卡特说道。但当他看到飞艇静止不动时，就大着胆子靠近它。他小心翼翼地伸出一只手，去触摸飞艇机舱前轮的架子。这个黑人抓住了木质架子，轻轻地抬起它。但是，令他吃惊的是，飞艇整个前半部分倾斜了，因为准备起飞的飞艇有浮力，哪怕是个孩子都能抬起它。但是伊瑞德卡特并不了解这一知识。他非常好奇地看着他头顶上这个庞然大物，然后将目光从自己的手臂向后移，发现朋友们的注意力却放在别的地方，于是他顶起了飞艇，然后喊道：“斯威夫特先生，看哪！怪不得别人叫我大力士。我只用一只手就举起了这艘巨大的飞艇。看哪，快看哪！我竟然做到了！”

接着，他又一次轻而易举地把飞艇举起来了。他憨厚的脸上充满了喜悦，而非敬畏。

“我觉得你可以放弃洗衣工作，到马戏团做大力士。”夏普先生边说边冲他的同伴们眨了眨眼。

“我真想去。”伊瑞德卡特骄傲地宣布，“我从来不知道自己有这么强壮，当然我知道自己身上长了不少肌肉。天哪，我一夜之间变得这么强大了！飞镖，你要小心点，不许偷懒，否则我就把你举起来，扔到地上去。”接着，伊瑞德卡特带着对他强壮体格的满意之情走到骡子站立的地方，骡子的眼睛闭着，看起来它已经睡着了。

夏普先生已经检查过机舱，一切顺利。“汤姆，现在可以解开缆绳啦。”他喊道，“我们起初不用飞太高，等到达蒙先生适应了稀薄的空气再说。”

“上帝保佑我的小心脏啊！我现在好紧张。”那个奇怪的人——达蒙先生说，“上帝保佑我的心肝啊！我希望不要发生什么坏事。”

“不会有什么坏事发生的。”夏普先生安抚他说，“当感觉到凳子离开屁股时，只要保持心情平静，你很快就会克服不适感。汤姆，你解开绳子了吗？没有什么羁绊吧？”

“只剩下机舱头部和尾部的绳子没解了。”

“你去舱头，我去舱尾。”夏普先生走向气体发生器，启动它，使更多的气体进入红色的铝制容器，这样会使飞艇有更大的浮力。

“汤姆，再见。”斯威夫特先生跟他的儿子握手道别，“你有机会就给我写封信吧。”

“哦，汤姆，小心一些。”伯格特夫人恳求道，她的脸上流露出一些忧虑，“我可以与你以吻道别吗？”

“当然可以。”年轻的发明家回答道。实际上，自从他长成大小伙子后，他们家这位像妈妈一样的管家夫人就再没吻过他。为了让伯格特夫人够着汤姆的脸，伊瑞德卡特搬来一个肥皂箱，这样管家夫人就可以站到肥皂箱上亲吻他了。她说：

“哦，我好担心。我很担心你在可怕的飞艇上丢了性命。”

“哈！夫人，你可不能这么说呀。”达蒙先生看着管家夫人说，“求求你，别这么说。上帝保佑我的眼睛！我们会平安归来的。”

“是的，我希望你们平安归来。”伯格特夫人微笑着回答。

最后一批绳子被开脱了。当飞艇飞向高空时，他们仍可以听到下面的人说再见的声音。夏普先生启动了发动机预热以便稍后开启螺旋桨，20个汽缸开始发出轰隆隆的声音，于是他开启了消音器。汤姆向下看去，看到飞镖已经醒过来，跳了一

下。骡子被眼前的景象吓坏了，撒开蹄子狂奔而去，马车也被拖跑了。

鉴于之前举起过飞艇，伊瑞德卡特·桑普森误以为自己很强壮。他看到骡子跑了，赶紧喊道："喔，飞镖。"

当他看到马车的尾板从面前闪过，便伸手抓住。或许，他以为自己能让奔跑中的骡子停下来。但是，当他去做的时候，才发现现实太令人失望了。骡子无视伊瑞德卡特的命令，拖着他的主人玩命地向前跑。

要不是那个工程师盖热特·杰克逊跑到骡子前面，抓住它，伊瑞德卡特的处境会更惨的。伊瑞德卡特站稳脚跟，非常失望地看着自己的胳膊。空中的飞艇驾驶员虽然听不见他说什么，但是很清楚他在想什么。

接着，夏普先生减弱了发动机的动力。汤姆看了看读数表，发现他们已经处于700英尺的高空。

"够高了！"夏普先生喊道。尽管之前达蒙先生信心十足，如今他的脸色还是变得煞白。

气体被关闭，螺旋桨开始工作，随着一声呼啸，"红云"号飞艇向南方飞去，掠过汤姆家的房屋以及围观人群，一次飞行探险正式拉开了序幕。

惊人消息

“唉，他们走了。”伯格特夫人对斯威夫特先生说。她望着蔚蓝色的天空，刚才的庞然大物现在变成了一个大黑球。

“是的，他们开了个好头。”老发明家回答道，“我几乎都想要跟他们一起去飞行了，但是我必须专注于我的潜水艇发明。”

“我希望他们不要出什么意外，”伯格特夫人继续说，“但是我隐隐预感到要发生什么事。”

“紧张，纯粹是因为紧张。”斯威夫特先生说道，“你最好去沏一杯猫薄荷茶。”

“猫薄荷茶！什么主意呀！”伯格特夫人说，“斯威夫特先生，你可真是了解如何应付紧张。”她看起来有些生气了。

“哈！猫薄荷茶未必管用。但是，请不要担心汤姆，我相信他能照顾好自己的。至于夏普先生，他在空中出过好多次事故了。”

“紧张？”管家夫人继续说道，她看起来还是有一些愤慨，“我相信我还没有达蒙先生一半的紧张，他让我烦躁不安。”

“当然。好了，我要回去工作了。”老发明家说。这时，他看到黑人驾着马车回来了，于是问道：“伊瑞德卡特，你受伤了吗？”

“斯威夫特先生，不严重，只是感觉有一点受伤了。”

“哪里不舒服？”

“呃，当我举起飞艇的时候，我原以为自己一夜之间变强壮了，但是当我去阻止骡子时，才发现自己根本阻止不了它。现在，它根本都不听我的。”

“哦，那是因为你不了解科学。”斯威夫特先生说。他给伊瑞德卡特解释了他能举起飞艇的原理：由于飞艇里面充满了气体，大大减轻了重力，所以他能轻而易举地举起飞艇。

黑人继续洗衣工作，发明家进了自己的书房，埋头钻研一桌子复杂的图表公式，而伯格特夫人则在厨房里忙活。偶尔想起汤姆时，她还会叹气，她将汤姆视如己出。这时，有人敲门，伯格特夫人应声开门时，却惊讶地发现是西蒙森警长和黑格比警官。

“他们也许是来看飞艇起飞的，”她想，“但是他们来得太晚了。”

“伯格特夫人，早上好呀。”警长向她打招呼，“斯威夫特先生和他的儿子在做什么呀？”

“斯威夫特先生在他的书房里，但是汤姆已经走了。”

“他会回来的，是吗？”黑格比警官马上问道。在伯格特夫人看来，他似乎有些着急。

“哦，是的。”伯格特夫人说，“他和……”

“赶紧带我们去见斯威夫特先生吧！”警长打断了她的话。他看起来非常谨慎地继续说道：“我们要跟他说点事。”

伯格特夫人把他们带进了书房，心里纳闷这两人来此的目的。

“太奇怪了！”她想，“他们并不过问飞艇的事情。我原以为他们是为飞艇的事而来。但也许是为了那几个抢劫斯威夫特先生的神秘男人。”

“警官们，有何贵干？”老发明家站起身来跟他们打招呼。

“呃，斯威夫特先生，呃，嗯，那个，”警长结结巴巴地说，“我们碰到一件棘手的事情。”

“什么事？”斯威夫特先生说道，“我没有被抢劫呀。”

“已经发生了一起抢劫案件。”警官迅速回答。

“但是你不是受害者。”警长插话道。

“我很高兴听到这些。”斯威夫特先生说道。

“你的儿子汤姆呢？”警官非常严肃地问道。

“你找他做什么？”发明家很吃惊地看着警长奇怪的神情，问道。

“斯威夫特先生，”警长严肃地说，“我刚才说过我们碰到一件棘手的事情。为什么说棘手呢？因为此次前来，我们是要逮捕你的儿子。尽管我们也是看着汤姆长大的，很不情愿这样做，但是不管多么为难，我们还是要秉公办事。斯威夫特先生，依照规定，我不必提醒你，如果你知道他现在在哪，必须交给我们。”

斯威夫特先生一下子瘫在地上。

“我的儿子！你们来是要逮捕我的儿子？”他结结巴巴地说。

警长点点头。

“以什么罪名？”斯威夫特先生问道。

“昨天晚上他闯进肖普顿国家银行，并偷了75000美元！”

“偷了75000美元？汤姆被指控盗窃银行现金？”说话时，斯威夫特先生的嗓音都颤抖了。

“这就是对他的指控，我们是来逮捕他的。”警官黑格比说道。

“他现在人在哪里？”警长问道。

“指控有误！绝对有误！”老发明家吼道。

“有可能。”警长摇摇头，承认道，“但是已经有指控了，拘捕证也有了，将来会在法庭上处理此事。我们现在必须逮捕汤姆，他现在人在哪里？”

“他不在这儿！”斯威夫特先生喊道，声音里有一丝得意，

“半小时之前，汤姆就驾驶‘红云’号飞艇飞走了。你不能逮捕他！”

“他逃跑了？”警官大喊道，“警长，我就说吧，这个家伙很狡猾，我们应该在早饭前赶来的。”

“住口！”警长口气威严地说，“那么，他在耍我们了？斯威夫特先生，我觉得他是畏罪潜逃。”

“不可能！”发明家高声抗议道，“汤姆从未想过去抢银行。而且，他自己挣的钱绰绰有余。指控有误！把你们的证据给我看看。”

“你会看到的。”西蒙森警长恶狠狠地说，“如果你去银行走一趟，你就能看到被翻得乱七八糟的地下室，而且还可以听到证人的证言，是他说看到你的儿子昨天晚上的作案工具的。我们也奉命逮捕韦克菲尔德·达蒙先生，你知道他在哪儿吗？”

“他和我儿子都在飞艇上。”

“哈！两个人带着赃物一起畏罪潜逃了！”警长喊道，“但是如果将搜寻范围扩大到全国，就能找到他们了。黑格比，走吧。斯威夫特先生，如果你跟我去银行，就能看到所有的证据。”接着，两位警官带着斯威夫特先生离开了家。

达蒙遇险

与此同时，飞艇正在肖普顿的上空飞翔。此时，热气球驾驶员的心情与试飞时没有太多差别。实际上，达蒙先生在跟斯威夫特先生和伯格特夫人挥手告别之后，仍觉得有一点失望。

此时，他坐在封闭的机舱里，座椅很舒服，透过玻璃窗向地面望去。他很平静地说道："我一点都不紧张。"

"我想，一旦出发，你的感觉会有所不同。"夏普说，"你想再高一些吗？"

"试试吧。"古怪的达蒙先生建议说，"上帝保佑我的手表带！之前我说过，这次飞行可能是有去无回。汤姆，飞上云端比站在摩托车上爬树更容易吧？"

"达蒙先生，是的。"汤姆大笑道，只好承认。

"哦，这一两天我们不会进入云层。"夏普先生继续说道，"达蒙先生，我希望你逐渐适应稀薄的大气，汤姆和我已经适应了。但是，如果你认为自己能忍受，那么我就会提高到1000英尺的高度。"

"升到2000英尺吧，"达蒙先生请求道，"还可以长距离俯冲一下。"

于是，前一刻飞艇还在优哉游哉地飞行，下一刻就被驾驶员借助提升杆升到一个更高的高度。当然，将气体发生器里更多的气体充入巨大的红色铝制容器，飞艇就可以达到更高的高度。但是，考虑到气体用完时，飞艇将不得不返回地面补充原料，驾驶员还是希望气体能省着点用。当飞艇在飞行途中时，通过正确调整方向舵也能使它轻松上升。这会儿，他们使用的就是这种方法。

通过巨大的螺旋桨可使飞艇的转速达到每分钟大约一千转，飞艇便直冲云霄。

目前飞艇还没达到它的最快速度，因为夏普先生没有将速度调到极限，这次旅行也不需要匆匆赶路。在这次重要的飞行中，距离比高度更重要。

汤姆正在操纵驾驶轮，他的手放在上升方向舵的操纵杆上。他时而看看达蒙先生的脸，想象他的朋友脸色会变得煞白，时而通报一下仪表上显示的飞行高度。当高度达到3500英尺时，年轻的发明家急拉一下操纵杆，飞艇到达一个新的高度。

“达蒙先生，你感到难受吗？”他问道。

“是，是的，我，我有点呼吸不畅……”这是达蒙先生的回答。

汤姆把热气球驾驶员第一次给他的建议告诉了他的朋友达蒙先生，这个古怪之人很快就感觉好多了。

“上帝保佑我的纽扣！”他舒了一口气，“但是，我很开心，感觉自己好像掉了几磅肉。”

夏普先生在忙着操纵电动机，汤姆负责驾驶飞艇，之前的紧张感一扫而空，汤姆已经可以熟练应对高空中遇到的气流。

从飞艇上往下看，脚下的地面像一幅巨大的地图似的铺展

开来。他们并不知道自己现在所处的确切位置，但是通过计算飞行速度（约30英里/小时），汤姆知道他们大约位于杉翠福德镇，也就是自己以前被盗贼袭击的地方。

接下来的几个小时，飞艇保持在大约1000英尺的高度，平稳飞行。当他们发现达蒙先生能够适应3500英尺的飞行高度后，就调整方向舵使之上升。

旅行者借助望远镜能够看到地面上的人群，他们正关注着飞艇的飞行状况。而且，尽管如今飞艇、热气球和飞机已经非常普遍，但是这么新潮而又庞大的“红云”号飞艇出现后，还是吸引了人们的目光。

“好啦，你们想吃点什么吗？”夏普先生提议，他从发动机所在的区域到达主舱，“现在已经十二点了，但是没听到厨房里的动静呀。”

“我已经准备好了，你想什么时候吃，我就什么时候做。”汤姆在驾驶室问道，“夏普先生，需要我现在煮点什么东西吃吗？”

“不用了，你开飞艇，我来做饭。我去随便弄点吃的，等下我要去检查发动机，好像运转得不太好。”

电炉开起来了，商店里买来的汤和牛排被放在火上加热。尽管是十月里比较暖和的一天，但机舱里还是有一点冷，直至开启的炉子驱除了寒气。上面的温度比地面低几度。有时候，飞艇还会穿过小团的汽雨云。

“太棒了！”这会儿达蒙先生坐在舒服的座椅上，悠闲地享用着食物，“想想吧，有生之年我还能坐在这么舒服的飞艇里，在距离地面1000英尺的高空中吃午餐。上帝保佑我的刀叉！生活太美好了呀。”

夏普先生换下汤姆，让年轻的发明家吃点东西。接着，飞艇向西南方向飞行。由于热气球驾驶员想要知道飞艇在负重下发动机所能达到的极限，所以飞艇的速度又加快了一些。

一个小时之后，飞艇下降了几百英尺，这样机舱里更暖和了一些。达蒙先生喜欢新鲜空气，他决定到机舱前面的平台上去。这个平台与飞艇尾部的平台一样，是为了防止发生事故的。站在平台上看到的景色要比透过玻璃窗看到的好多了。

“当心螺旋桨！”汤姆看到他的朋友走出去，提醒他说，“你没有那么高，不易被桨叶砸到，但是不要踮着脚走。”

“上帝保佑我的手帕！当然我不会踮着脚走的，”他答道，“但是，我担心被自己带来的围巾搞窒息。我有点神经痛，微风吹来会让我感觉不舒服。”

这个古怪之人的脖子上围着一条长长的羊毛围巾，他大胆地走向开放的平台。在平台中央的上方，远高于一人高的地方，是螺旋桨，它正以高速旋转着。

汤姆正在驾驶飞艇，他的眼睛盯着各种仪表和指南针。汤姆瞥了一眼达蒙先生，他似乎在享受着天台上看到的美景。有一阵子，汤姆的眼光从他的朋友身上移开了。然而，突然他听到一声窒息般的呼喊，于是赶紧回头看，瞬间他被眼前看到的一切惊呆了。

达蒙先生被吊在甲板边缘下方，在他和地面之间毫无连接物。他看起来失去了平衡，向前摔倒，挂到了铁管上，双手在空中胡乱挥舞。然后，汤姆朝夏普先生大声呼喊，让他关掉发动机。此时，汤姆发现悬挂在螺旋桨桨叶上的，随着螺旋桨飞速卷入的，正是达蒙先生的长围巾。

“快来！快呀！夏普先生！”汤姆大喊，他不敢离开驾驶室，因为担心遇到可怕的气流或是飞艇倾斜的情况，“快来救达蒙先生！”

“发生什么事了？”热气球驾驶员问。

“他快死了，悬在围栏上，已经没有知觉了。他看起来是滑下去的！快点，再迟就来不及了！”

安迪伪证

当斯威夫特先生跟着警长和警官去往警局时，他的脑海里思绪万千。当然，他想的不是自己的潜水艇制造计划，而是针对儿子的指控。事情看起来难以置信，但是警察出警可不是开玩笑的。警长和警官叫了一辆车去镇上，他们邀请斯威夫特先生一同前往。

“警长先生，你的意思是，我的儿子千真万确已经被指控了吗？”当靠近警局时，斯威夫特先生问道。

“斯威夫特先生，我只能说对不起，由于你是当事人的父亲，我不便过多透露。”

“哈，你不是已经透露了吗？”警官说，“当事人都逃走了。”

“好了，黑格比，”警长继续说道，“我会把他们俩捉拿归案的。即便他们已经乘坐飞艇逃走了，我也能逮住他们。一小时内，我要把通缉令发布到全国范围内。他们不可能一直呆在天上。”

“我儿子面临指控？”斯威夫特先生咕哝道，他根本不相信这件事。

“是的，还有达蒙先生。”警长补充道，“我要抓住达蒙先生和汤姆，我能抓住他们。”

“你能给我看看拘捕证吗？”斯威夫特先生问道。警官把文件递给他。文件格式正规，里面有银行行长艾萨克·潘德盖斯特的指控和签名。

“我不能理解。”汤姆的父亲说道，“75000美元！不可

思议！为什么？”他突然大喊道，“这不可能是真的。就在他离开之前，达蒙先生……”

“呃，他干什么了？”警长急切地问道，他可能想从斯威夫特的话中获得有价值的线索。

“在我看到银行行长之前，最好什么话都不要说。”斯威夫特先生回答道。警官明显感到很失望。

在警察局，斯威夫特先生见到了银行行长和一些银行职员。他们发现没有抓住被指控的人，感到非常愤怒，但是警长说他一定能很快将他们捉拿归案。

“那么，能麻烦你解释一下这是怎么回事吗？”斯威夫特先生问银行行长。

“斯威夫特先生，请你移步过来看看被洗劫的地下室。”潘德盖斯特先生回答道，“盗窃分子计划得相当周密，给银行造成了严重损失。”

毋庸置疑的是地下室的门被强行弄开，因为锁和门栓都被弄弯，变形了，看起来使用的是重型工具。斯威夫特先生仔细地查看现场，他还看到了被洗劫一空的钱柜。

“这显然是惯犯所为。”他说。

“是的，我们也这么认为。”银行行长说，“斯威夫特先生，当然我们不认为你的儿子是惯犯。我们认为是达蒙先生干的，但汤姆是他的帮凶，为他提供专业工具。这是毫无疑问的。”

“你们有什么权利指责我的儿子？”老发明家怒不可遏地说，“镇上这么多小伙子，你们为什么单单怀疑他？为什么你们把目标锁定在汤姆和达蒙先生身上？我想知道所有这些问题的答案。”

“在过去的几天，达蒙先生的行为举止非常古怪，而且他众所周知的古怪性格使他成为被怀疑的对象。”银行行长用法庭庭审员一样的口吻说道，“至于汤姆，不好意思，我们有确凿的证据。”

“什么证据？你在说什么？你指责我儿子的证据在哪里？”

“你真的想知道吗？”

“我当然想知道。”斯威夫特先生斩钉截铁地回答。随后，他们一同来到了行长办公室。职员按了一下电铃，有人应答，于是他说道：“把福格叫来。”

一听到这个名字，斯威夫特先生顿感不妙。他深知那个红头发的恶霸是汤姆的死对头。安迪走了进来，脸上带着不可一世的神情。

“这是斯威夫特先生。”银行行长介绍。

“哦，我认识他。”安迪脱口而出。

“你把之前告诉我们的事情再说一遍。”潘德盖斯特先生继续说道。

“昨天晚上，我看到汤姆用旅行袋装了一袋子的盗窃工具，鬼鬼祟祟地在银行附近晃悠，就在银行被抢劫之前。”眯眯眼的小伙子得意洋洋地说。

“昨天晚上带着工具在此地晃悠？”斯威夫特先生满腹疑虑地重复着这句话。

“是的。”安迪说。

“你怎么知道他拿的是作案工具？”

“因为我亲眼见到了这些工具。”安迪喊道，“他把工具装在一个旅行袋里，放在摩托车上，并且站在一个拐角处，等待一有机会便闯入银行。而且，当我和山姆·斯奈德克看到他时，他装作在修理摩托车的样子。然后，旅行袋掉下来，袋口开了，我看到里面的工具了。所有这些就是我所看到的。”

“你确定你看到的就是作案工具吗？”警长问道，他指着安迪——他最重要的目击证人。

“当然，我确定。我以前看过盗窃工具的图片，汤姆的工具看起来跟它们一样，有长柄的扳手、支架、齿片等。他试图藏起来，但是我和山姆都看到了。他还想打我呢。”

“你是该打。”斯威夫特先生说，“但是你怎么知道我的儿子在等机会闯入银行行窃？”

“因为，他在这里晃悠了一阵子之后，银行就发生了抢劫事故呀。”安迪质疑道，好像斯威夫特先生的询问多此一举似的。

“那么，当时你们在这里闲逛又是干什么呢？”斯威夫特先生迅速质疑道。

“我？我和山姆·斯奈德克在那里散步，仅此而已。”

“你们不想抢劫银行，是吗？”老发明家继续问道。

“当然不想，”恶霸怒吼道，“我没有作案工具。”

安迪又把事情的经过大致讲了一遍，但是关于他看到汤姆带着一袋工具在银行附近晃悠的那部分证言依然没变。实际上，事实的确如此，但是那些工具是飞艇上用的，也就是夏普先生派汤姆去取回的，并非安迪所说的作案工具。问完安迪之后，他们又叫来了山姆·斯奈德克，他编的故事大同小异。

斯威夫特先生无法理解，因为他根本不知道汤姆去取工具这回事。而且，在家里，他也没有听说热气球驾驶员让汤姆去取工具。然而，他深信不疑的是汤姆跟抢劫银行一事毫无关联，而且他知道自己的儿子前一天晚上一直待在家里。但是，这样还是证据不足。不过，发明家仍有一点疑问。

“你怀疑达蒙先生是本案的共犯？”斯威夫特先生问警长。

“我们的确怀疑是他干的。”西蒙森先生回答。

“那么，你能解释一下吗？”发明家继续说道，“达蒙先生在这家银行存了一大笔钱。然后，他去抢劫存有自己一大笔钱的银行？”

“事实明摆着，”银行行长狡辩道，“达蒙先生的确在我们银行存有一万元，但我们认为他这样做是为了掩盖他的作案动机。他深谋远虑，事情一结束就及时乘坐飞艇逃跑了。斯威夫特先生，我也不希望你的儿子和他的同伴有罪，但我不得不相信这一事实。警长，你应当发出通缉令，飞艇应该很容易被追踪到。”

“我马上就发通缉令。”警官说道。

“你所相信的我儿子有罪，仅仅是基于这两个男孩的一面之词？众所周知，他们跟汤姆有矛盾。”斯威夫特先生说道。

“他们提供的线索当然是最重要的。”银行行长说，“银行被抢劫的消息一传出，安迪就过来将他所看到的一切告诉了我们。”

“我也是冲着提供线索有奖而来。”安迪大声说道。

“也有我的一份。”山姆坚持说道。

“啊？还提供悬赏金？”斯威夫特先生问道。

“有5000美元。”银行行长回答道，“银行已经决定奖励福格先生——安迪的父亲。”

“我要拿到悬赏金了。”红发小伙再次强调。

斯威夫特先生的心情一落千丈。事情已经非常明了了，作为一个一辈子循规蹈矩的人，他不知道如何是好。回到家，他将这一消息告诉了伯格特夫人。伯格特夫人听后，气不打一处来。

“我们家的汤姆是贼？”她嚷嚷道，“他们怎么不指控我、杰克逊先生和你呢？斯威夫特先生，你应当聘请一名律师，告这些人诽谤。”

“你认为这样可行吗？”

“我认为可行。他们根本就没有证据，不能让安迪·福格这帮人坏事做尽。请一个律师为汤姆辩护吧。”

斯威夫特先生很高兴有人为他出主意。后来，肖普顿一位最有名的律师告诉他，指控汤姆的证据不足，在法庭上根本不能使用，斯威夫特先生焦躁的心才算稍稍放下来了。

“但是他们有拘捕汤姆和达蒙先生的拘捕证。”发明家说。

“的确如此，但是发一个拘捕证是很容易的事，可以发给任何人。它跟证明一个人是否有罪是两码事。”

“但是他们可以拘捕我的儿子。”

“是的，如果他们能抓住汤姆，那么我们可以保释他出去。”

“但他的名誉遭到了损害。”伯格特夫人说。

“亲爱的夫人，根本不会，不会的。好人和清白的人常常被错抓。”

“他们要针对我的儿子发出通缉令。”斯威夫特先生很发愁地说道。

“是的，但是如果飞艇运行一切正常，他们需要不少时间才能抓到汤姆和达蒙先生。我想不出更好的能逃脱警察追捕和他们愚蠢指控的办法。”律师轻笑着说道，“现在，斯威夫特先生，不要担心，真相最终会水落石出的。”

发明家努力想做到律师说的那样，但是，接下来的几天，他一看到大街小巷贴满悬赏海报便不好受，尽管他知道自己的儿子是无辜的。海报上说，汤姆·斯威夫特和韦克菲尔德·达蒙先生被指控从银行盗走了75000美元，已乘坐飞艇逃走，警方愿意提供5000美元的奖金奖励提供相关线索的民众。

“我猜等汤姆·斯威夫特知道是我拿到悬赏金之后，就会后悔当初对我太不客气了。”那天，当悬赏海报贴出来之后，安迪对他的伙伴山姆说。

“是的，我能拿到属于我的那一份，是吗？”山姆问道。

“当然。”恶霸回答道，“我希望他们赶紧抓住他。”

接下来的几天，大街小巷贴满了悬赏海报。通过海报，大大小小的城镇警察都知道了这件事，他们被要求不惜任何代价抓住红色飞艇的主人。

斯威夫特先生听从了律师的建议，给汤姆发了几份电报，通知他已经发生的事情。斯威夫特先生要求，一旦“红云”号飞艇降落在某个城市，电报公司应第一时间将电报的内容传送给汤姆。

警察开火

汤姆朝夏普先生大声喊，告诉他达蒙先生碰到的灾祸。夏普先生立即跳上发动机所在的区域，关掉电开关，停止机器运转，大螺旋桨也随之停了下来。然后，他火速跑到平台上。

但是，另外一件事情发生了。就在古怪的达蒙先生发生事故之前，夏普先生正在对飞艇进行测试，气体已经被关掉了，因此飞艇是一架飞机，而不是一个巨型的热气球。一旦向前的动力停止，巨大的飞艇就开始降落。

“我们在下沉！我们在下沉！”汤姆大声喊道，有一瞬间他忘记了自己不是在摩托艇里。

“提起方向舵，尽量缓慢地向前滑行！”夏普先生指挥道，“我一救下他，就马上去开启引擎。”螺旋桨运转时，人去平台上是非常危险的，围巾末端可能会绕到热气球驾驶员的脖子上，使之窒息。

夏普先生很快到了达蒙先生面前。他发现，达蒙先生已经一动也不动，失去知觉了。然而，他的身上看不到任何伤口。

现在，把达蒙先生沉重而毫无知觉的身体背下平台可不是一件容易的事，好在夏普先生比较强壮，而且长期操纵热气球让他已经练就了驾驭“高空秋千”的本领，身体的平衡性和稳定性很好。

他把失去知觉的达蒙先生背到机舱内，然后迅速回到平台，将螺旋桨桨叶上的围巾割断。接下来，他启动了发动机，并开启了气体罐，以便飞艇在此后的几分钟即便不运动也能飘浮在空中。

“汤姆，你现在不需要驾驶了。”热气球驾驶员说道，“过来帮帮我。”

“他，他死了吗？”汤姆用有些颤抖的声音问道。

“没有，他的心脏在跳动。我不知道发生了什么。”

夏普先生马马虎虎算是半个外科医生，他取出一小盒在紧急情况下使用的药物。现在，“红云”号飞艇懒洋洋地悬浮在空中，因为，一旦引擎检测到飞艇在下降，发动机就会再次停止运转。夏普先生开始努力使达蒙先生恢复知觉。

很快，达蒙先生睁开了眼睛，脸色也渐渐复原。接着，喝了一杯凉水之后，他能够坐起来了。

“我掉下去了吗？”他问道，“上帝保佑我还活着！但是我弄翻飞艇了吗？”

“没有，”汤姆回答，“差一点弄翻。你现在感觉怎么样？你受伤了吗？”

“哦，我现在好了，虽然还有一点点头晕。但是，当我掉下平台的时候，我还以为我死定了。”达蒙先生的身体仍在颤抖。夏普先生给他服了药，他很快就可以站起来，并且四处走动了。

“到底发生了什么事？”热气球驾驶员询问。

“我也不知道呀。”达蒙先生回答，“我站在平台上，观赏风景，正在考虑系上围巾，这样我的神经痛会好一些。突然，一阵风刮来，我的围巾一端松开了，然后围巾就被卷到螺旋桨桨叶里，那时我才意识到围巾松了。我赶紧抓住围巾一端，试图从平台栏杆那里把围巾拽回来，然后，我就失去知觉了。好在我自己没被卷入螺旋桨桨叶里面。”

“好在你没掉到地面上。”汤姆说道，他一想到自己的朋友命悬一线就觉得后怕。

“我之所以失去知觉，一方面是因为我在平台围栏上拉扯卷入的围巾时被风刮倒了，”达蒙先生继续说道，“另一方面是因为恐惧，我想是的。但是，现在好了，我再也不会戴着松松垮垮的围巾上平台了。”

“如果我是你，我根本都不会出去。当然了，我已经习惯令人眩晕的高度了。”夏普先生说。

“哦，我可没那么容易被吓倒，”达蒙先生说，“如果我将来做航空学家或热气球专家，我会习惯这些事情的。但是，现在我已经好好的了。”对于这个勇敢的人来说，这点意外并没有吓倒他，不过却把汤姆吓得不轻。

当天晚上，他们向南缓慢地飞行。飞艇的飞行速度不会太快。第二天早晨，他们已经飞行了100英里。早餐是在空中吃的，现在达蒙先生发现他已经能够适应高空飞行生活了。

飞行已经进行了三天，速度很缓慢。当然，他们全然不知，就在他们走后，他们被控告抢劫银行以及后来发生的一系列麻烦事，而这些事情甚至在肖普顿之外的地方都引起了轰动。

“我们现在位于一个看起来挺不错的城市上空。”第三天中午，汤姆宣布，“我们是不是降落下来，给父亲捎个信？爸爸可能一直在焦急地等待我们的消息。”

“主意不错！”夏普先生说，“移动操纵杆，向下飞行。”

汤姆照做了，他将准备给父亲的讯息放在一个大信封里，里面还放了钱，收到信的人被要求将里面的内容以电报的形式发送出去，而钱则会留给送信的人。

当飞艇在城市上空越降越低，他们可以看到，围观的人群聚集在街道上，仰望天空，指指点点。

“我们引起的轰动可真不小呀。”汤姆看着地面上的人群说道。

“看起来比往常要热闹得多呀！”夏普先生也往下看着说，“好像还有一队警察。”

“你说得对。”达蒙先生说。他透过窗户朝下看去，见一队身着统一制服的警察，努力沿着缓慢飞行的飞艇的路径向前移动。

“他们正用望远镜观察我们，”汤姆喊道，“估计他们从来没看过热气球以这种方式降落。”

“红云”号飞艇离地面越来越近。汤姆正要把大信封放下去，这时从警察中间噗嗤一声放出白色的烟雾。接着，飞艇的机舱像受到了攻击似的，传来噼里啪啦的声音。由于窗户开着，还可以听到步枪发射的声音。

“他们在向我们开火。”汤姆喊道。

“是啊！”夏普先生喊道，“他们一定是发疯了！难道看不出我们不是一只大鸟吗？”

“或许他们把我们当成作战气球了。”达蒙先生说。

紧接着又一轮针对飞艇的子弹射击开始了，有几发击中了飞艇的红色铝制容器。

“嗨！住手！”汤姆倚在窗户上对着地面大声喊道，“你们疯了吗？你们会伤害到我们的。”

“他们根本听不见你说话。”夏普先生喊道。

接着，第三次针对飞艇的扫射开始了。这一次有几个看起来不是警察的人在射击飞艇，连左轮手枪和步枪都用上了。

“我们必须离开这里。”夏普先生大声喊道。此时，一发子弹在飞艇头端的侧面嗖的一声飞过。“我们不知道是什么人混在人群里对我们射击。汤姆，拉升飞艇！”

汤姆迅速移动上升方向舵，“红云”号飞艇向着高空飞去。年轻的发明家没能成功地把大信封放下去，显而易见，事出有因。然而，冲他们开火的人是不会帮他们顺利传达讯息的。

飞艇迅速向上爬升，顺利躲过了又一次的步枪扫射，有一发子弹发射的火花差点点燃木质框架。

“呜呼！差点被打中。”夏普先生说，“地面上那些人究竟是怎么回事呀？”

火海之上

热气球驾驶员往下看去，见人群在警察的驱逐下闪开了。他们似乎拿着武器，从聚集的烟雾来看，显然更多的子弹正被发射出来。但是子弹已经打不到他们和“红云”号飞艇了，因为在螺旋桨快速运转的作用下，飞艇已经远离了城市中心。

“真是太奇怪了！”汤姆惊魂未定地喊道，“他们一定是把我们当成了要向他们扔炸弹的德国防空气球。”

“上帝保佑我的心肝！”达蒙先生突然说道，“我认为汤姆说得对。夏普先生，你说呢？”

老兵出身的热气球驾驶员仔细查看了飞艇，然后回答道：“看起来不是那样的。”他摇摇头，看起来疑惑不解，“他们知道，没有哪一架国外的飞艇敢那么干。而且，即便真是防空气球，那也应该是士兵向我们射击，而不是警察。而且，很显然，下面的人想要我们的命。”

“他们差一点就成功了。”达蒙先生补充道，“如果他们在气体袋上打穿了几个孔，我们会在哪里？”

“还是在空中。”热气球驾驶员回答说，“好几次子弹扫射才有可能损坏我们的铝制容器。而且它被分割成五个区间，就算一个被打穿了，其他几个也还有足够的气体将飞艇支撑下去。因此，即便被打了许多洞，也不会给我们造成太大的损失。而且，即便没有气体容器，我们也能通过不停运转的动力装置使飞艇浮在空中。飞机的运转模式也是这样的。当然，他们可能破坏我们的仪器，使飞艇不能正常运转，那样问题就严重多了。但是，令我百思不得其解的是：他们为什么要袭击我们呢？”

“应该不是误会，对吗？”年轻的发明家问。

“可能性很小。如果我们处于一个蛮荒之国，有可能，这艘飞艇会被当作军事目标进行射击，但是这座城市的人都知道我们的飞艇呀。他们可能已经在报纸上看到过关于我们飞艇的报道了，却还故意对我们开火，想要袭击我们，所以整件事情看起来比单纯的野蛮行径严重多了。”

“我们不会再给他们一次袭击的机会了。”达蒙先生说。

“当然不会给他们机会。但是，谁知道在下一座城市又会怎样呢？也许还会遭到袭击。”

“那我们就避开城镇。”汤姆说。

“不可能，我们必须经过城市。但是，我们一定要搞清楚是怎么回事。”夏普先生说。

那一天就这样有惊无险地过去了。当然在任何城市，他们都没有再降低飞行高度，试图传递讯息。他们感觉没有任何安全感。

“晚上我们再试一下。”汤姆建议道。当天晚上，在暮色之中，他们飞到了一座中等规模的城镇，将大信封坠落到地面。让我们想象一下，当时有人走过街道，听到扑通一声，有东西掉在自己脚边，吃惊地抬头看，模模糊糊地看到一个庞然大物在空中移动。不过，没有射击，最终讯息被传送到肖普顿的斯威夫特先生那里，但是斯威夫特先生无法回答他们，因为飞艇一直在天空中飞行。

夜晚，他们依然在空中度过。引擎被关掉了，“红云”号飞艇缓缓地漂浮着。微风拂动，波澜不惊，它就这样悬浮在乡村上空。如果地面上的人看到飞艇上的灯光，没准会将它当作新星，或者是彗星。

第二天早晨，汤姆吃过早餐后，启动了20汽缸发动机，他大声说道："现在我们要加足马力飞行了。夏普先生，我们今天调头，往回家的方向飞，好吗？"

"汤姆，好的，我们可以这么干。"夏普先生回答，"但是我很喜欢这种旅行方式，甚至希望延长飞行时间。我们不在亚特兰大调头了？而你原来说去基韦斯特，然后返航，那样才是一趟更棒的旅行呀。'红云'号飞艇比我们所期望的好得多。"

"如果达蒙先生同意，我愿意去更远的地方。"

"哦，上帝保佑我的鞋带！"古怪的人说，"无论如何，我一直想去基韦斯特的。"

飞艇平稳地飞行着，这一天的晚饭是在大约3000英尺的高空中完成的。随后，为了测试飞艇的滑翔能力，螺旋桨停止不动，飞艇倾斜着向下飞，通过调整方向舵引导它。

当飞艇平稳地在空中练习滑翔时，正在前方驾驶的汤姆突然大喊起来："天哪，我们好像进入了一个雷暴中心！"

"什么情况？"夏普先生问道，说完他从发动机室探出头来。

“他说前方有大风暴。”达蒙先生重复道，“而且，我猜他是对的。我看到一大团乌云，还听到轰隆隆的声音。”

夏普先生之前一直在忙着操控发动机，现在走上去看一看。他看见“红云”号飞艇快速地斜飞进一大团翻滚的乌云之中，就像达蒙先生说的那样，并且还发出轰隆隆的声音。

“看起来不是雷暴。”夏普先生疑惑地说。

他们观察了一阵子乌云。汤姆将飞艇拉到一个更平稳的角度，现在它在自己的动力作用下快速旋转，就像一片平整的锡从铅上脱离下来一样。不过，它现在朝着乌云中进发，这样由于角度问题，它的速度降了下来。

“我现在不得不启动发动机！”夏普先生大声说，“我可不希望进入风暴，很久都没遇到过这样的风暴了。”

“好热啊。”年轻的发明家突然说。然后，他松开了驾驶杆，脱下了夹克衫。

“是的，好热。”达蒙先生也脱下了他的衣服，“上帝保佑我的火花塞！现在是七月，怪不得前方有雷电交加的暴风雨。”

接着，夏普先生突然发出一声呼喊。

“没有暴风雨！”他大喊起来，“是一场森林大火！我们看到的是浓烟！我们必须离开这里。汤姆，赶紧调头，我来开启引擎。我们必须在大火上方飞行。”

他走向发动机室，汤姆和达蒙先生能够听到他在扭动操作杆和轮子，正准备启动发动机的声音。就在这时，可怕的事情发生了：只听见汽笛般的一声巨响，那是气流的吼叫，“红云”的螺旋桨就被气流形成的巨大漩涡吸到火海之中。

“开启发动机！夏普先生，开启发动机！”汤姆喊道。

“我正在努力，好像出了问题。”

“我们正被拉入火海之中，”达蒙先生喊叫道，“每分钟都变得越来越热！你不能做点什么吗？”

“你来操作驾驶轮，”热气球驾驶员向达蒙先生喊道，“就像开动汽车那样操纵轮子。汤姆，赶紧过来搭把手。发动机被卡住了！”

年轻的发明家赶紧过来帮忙。达蒙先生抓住驾驶轮，他的脸上充满恐惧。飞艇现在在大约1/4英里高的空中，但是它并非在空中静止，而是由容器里的气体提供支撑，正被向前拉着，直达黑色烟雾的中心地带，现在可以看到烟雾里有非常明亮的火焰。

“如果发动机坏了，我们该如何向前飞行？”汤姆问道，他弯腰看着夏普先生正在忙着操控机器。

“抽吸——从火焰里拽出来，”夏普先生解释道，“加热的空气上升，留下一个真空地带。冷空气进入，也就是现在把我们吸进去的力量。如果我们的发动机不能成功启动，几分钟

后我们就会投身火海！那是我不愿看到的结果。”

“难道我们不能往其他方向飞吗？”

“不能。因为我们正处于强大的气流中，控制不了方向，只能靠发动机作用。再转一下汽油操纵杆，看看能否产生火花。”

汤姆这样做了，但是没有火花产生，20汽缸大发动机依然无动于衷。与此同时，飞艇像被烈火猛拽着似的，正铆足了劲往火海里俯冲。大火熊熊燃烧，能清晰地听到燃烧所产生的噼啪声，热浪也一浪高过一浪。

汤姆和夏普先生还在焦急地修理发动机。在这万分紧急的时刻，气体引擎罢工了。

“我应该怎么办？”达蒙先生在驾驶室里喊道，“我们看起来马上就进入火海中了。”

“拉起提升杆，”汤姆喊道，“让飞艇上升。飞得越高，气温越低。或许我们可以悬浮在火海上方。”

“你最好赶紧过去，”夏普先生说，“我在这维修发动机。尽可能往上飞！打开更多的气体，这样可提升飞艇的高度，但是提升速度也许不会太快。在高温下，不能产生气体。我怀疑现在就是这个原因导致的。”他的心情很沉重。

汤姆跑过去，替换下达蒙先生。现在，热浪更强烈了。“红云”号飞艇离火海越来越近，看起来有几平方英亩的森林被火吞噬了。巨大的烟雾，还有被气流拽进去燃烧的木头围绕着飞艇。“红云”号飞艇正被这巨大的吸引力拉向火海中央。汤姆使劲向上拉操作杆，试图使飞艇的前端向上。但它却仍然往下降。不一会儿，他们就感觉自己置身于燃烧的火炉上。

通缉劫犯

年轻的发明家和他的同伴们面面相觑，呼吸异常困难，不停地喘着气，感觉一分钟都不能再忍受这么热的空气了。看起来，死神随时会到来，伸手抓住他们。巨大的热气呼啸着，怒吼着，撕扯着“红云”号飞艇。在热浪面前，巨大的飞艇仿佛纸片一般。

“我们必须做点什么！”达蒙先生喊道，他开始脱掉自己的衣服和背心，“我快要窒息了！”

“躺在机舱底部，”夏普先生建议道，“在那里烟雾对你的影响会小一些。”

这会儿，达蒙先生非常害怕，他的脸上又出现了“上帝保佑”的神情。

“发动机不能启动了吗？”汤姆惊恐地问道。他的手放在驾驶轮上，提升杆也被卡住，不能动了。

“我已经尽了最大的努力，”热气球驾驶员回答道，他的喉咙里吸进了烟雾，不停地喘气，“我觉得我们已经无能为力了。我们一开始就不应该到这个地方来。哦，天哪，真可怕！”

下方是浓重的烟雾，他们感觉自己就坐在燃烧的干木头上，更糟糕的是这里数周以来都没有降雨。随着飞艇越来越靠近火海中央，黑色的烟云越来越热。

“我们必须升高一些，”汤姆喊道，“这是我们唯一的机会。以最高的功率开启气体发生器，充入铝制容器，那样我们就可以上升了。”

“是的，这是唯一的机会。”夏普先生含糊地说，“我们必须升高，但问题是这里太热了，气体发生器无法快速产生气体，我们注定要在火焰山上待一段时间了。”

“我们升高了一点！”汤姆看到仪表上的数字，充满希望地说，“我们现在位于1500英尺的高空中，之前的高度是1200英尺。”

“太好了！维持提升杆现在的状况，我去看看如何生产气体。”热气球驾驶员建议道，“这就是我们唯一的希望。”他跑到引擎室内，那里跟机舱的其他地方一样，充满了令人窒息的气体。

突然，飞行高度仪表显示他们正在降落。飞艇的确正在降落。

“怎么回事？”达蒙先生从机舱底部那里喊道。

“我不知道，”汤姆回答说，“也许是方向舵坏了。”

汤姆在烟雾中看了一眼提升操作杆，还在原地，但是对飞艇却毫无作用了。

“飞艇正在下降！”夏普先生喊道，“我们被吸进去了，会持续几秒钟时间。我以前碰到过这种情况。”

看起来他的猜测是对的，因为很快飞艇又向上冲，热气球驾驶员稍稍缓了一口气。热浪使他们难以忍受，他们几乎已经脱掉了所有能脱的衣服。

“快给飞艇减重！”夏普先生大声喊道，“汤姆，把所有能

扔的东西都扔下去。把备用物资都扔下去！将来如有需要，我们会再准备的。我们必须尽量上升，气体的制造不够快！”

现在，年轻的发明家没必要待在驾驶舱，因为飞艇无法被引导了。由于热气流的影响，飞艇在空中盘旋。有时候上升一会儿，然后又很快被拉下来。就在汤姆准备扔掉备用物品之前，他感觉飞艇的末日来临了。因为飞艇俯冲的高度非常低，下方冲上来的火舌几乎触到了飞艇底端的架子。

“我来帮你。”达蒙先生气喘吁吁地说。接着他和汤姆将一些储备物资从机舱窗口扔了下去，夏普先生则迫不及待地努力让气体发生器产生更多的气体。

这些事情进展缓慢，但是随着飞艇减轻了重量，情况有了好转。慢慢地，慢慢地，好似过了一个世纪，仪表盘上显示的高度变得越来越高。

“1600英尺，”汤姆看了一眼仪表盘，长舒了一口气，“太好了！”

热浪没那么猛烈了，随着时间一分一秒地过去，他们的状况渐趋好转。而且随着飞艇里面温度的降低，产生的气体越来越多。十分钟的煎熬之后，他们的危险被解除了。尽管他们仍处于火海的正上方，但是飞艇已经在非常高的高度了，仅有少许烟雾包围着他们。

“哇！刚才经历的一切可真是糟糕！”汤姆喊道，他瘫坐在一个长椅上，用手擦了擦脸上的汗，“我们的飞行路径有问题。”

“是这样的。”夏普先生同意他的说法，“如果现在不刮来一阵微风，我们可能还要在这里多待一段时间。”

“什么？发动机现在还不能工作吗？”达蒙先生问道，“上帝保佑我的心脏啊！我可不想在这里多待一分钟。”

“我现在还在尝试。”夏普先生回答说，“在没有发动机辅助的情况下，我们都脱离了危险，或许它现在已经能够正常工作了。”

他的猜测一点都没错，因为几分钟后，在汤姆的帮助下，发动机就能够启动了，螺旋桨也恢复了运转，“红云”号飞艇迅速脱离了火海上空的区域。

“现在设备、飞艇以及我们自己都要好好休整一下了。”夏普先生说道。他们已经飞行了20英里，此时，凉爽的空气让他们感觉非常惬意。夏普先生接着说：“我估计飞艇没有损坏，除了被火燎了一下支撑部位。至于备用物资，汤姆，你扔下去不少了吧？”

“是啊，我不得不那么干。”

“是的，我猜你扔了许多东西。那么，我们需要降落到地面了。”

“你确定这样做是安全的吗？”达蒙先生焦急地问道，

“我们可能再次遭遇袭击。”

“哦，不会有危险的，但我还是会很小心的。我不希望降落时有人群围观，所以我们将在黄昏时选择一个僻静的地方降落。这样，第二天早晨我们就可以在最近的城镇购买物资，然后继续旅行了。而且，要注意，别进入森林火险区。”

“还要注意射击我们的人。”达蒙先生加了一句。

“是的，我希望我能搞明白到底发生了什么。”此时，热气球驾驶员一脸迷惑不解。

当天傍晚，飞艇缓缓降落在一大块平地上。此处是汤姆在飞艇降落之前就选定的，距离最近的镇子仅2英里。在这里，他们可以休整一下。

“我们可以在这里补给物资。”汤姆宣布道。

“是的，但是我们不能让别人知道，”夏普先生说，“否则就会有一大群人出现。我有一个很好的计划：汤姆，你和达蒙先生去镇上购买我们需要的物资；我留在这里，照看飞艇。第二天清晨，你们把物品运到这里来，然后在1/4英里外的地方离开。接着，我们可以把它搬上飞艇。这样，没有人会发现我们，而且也不会有好奇的人过来打探。”

对此，大家一致赞同。于是，他们顺利降落，并且快速进行了检查，发现之前在火焰区上方的飞行没有对飞艇造成大的损害。然后，年轻的发明家和达蒙先生就出发了。

很快，他们就发现了一条顺利通往城镇的道路。傍晚，他们上了路，去镇上。一路上行人并不多，也没有人过多地注意他们。

“我想知道，我们到底在哪儿？”在他们匆匆的路途中，汤姆问道。

“根据路人的口音以及他们的肤色判断，这应该是南方城镇。”达蒙先生回答道。

“我们问问吧。”汤姆说。

“不行，如果你问路，他们就会知道你是外乡人，进而问你许多问题。”

“哦，我想如果这是个小地方，他们很快就会知道我们是外乡人。”汤姆说，“但是当我们到了镇上，我们就会从商店橱窗里知道地名了。”

几分钟之后，他们发现置身于一个典型的南方小镇。根据标识牌，他们知道了这里是北卡罗来纳州的百诺。

“这里有一个餐厅，”当他们经过一个比较整洁的餐厅时，汤姆说，“我们进去吃点，再去买东西吧。”

“好。”达蒙先生说，“上帝保佑我的夹克衫！我真的感觉有点饿了。”

这个地方还真不错。然而，汤姆的担心也很快得到了验证。他们刚一点菜，漂亮的服务生——一个白人女孩就问道：“你们‘似’从北方来的，对吗？”

她说话的时候微笑着，汤姆也以微笑做了回应。

“你们这里有报纸可以拿来看看吗？”汤姆问道。

“我可以去找一份。”女孩继续说道，“我猜你们是从纽约来的，对吗？纽约人非常喜欢看报纸，对新闻非常关注。”她的口音有点像黑人。

“是的，我们是从纽约来的。”汤姆回答。

服务生很快拿来了一份报纸。快吃完时，汤姆扫了一眼报纸。就在头版处，用黑色的大字体写着：

通缉抢劫犯!

银行抢劫犯驾驶红色的飞艇畏罪潜逃了，警方已开火，但未抓住逃犯。

“我的天哪，”汤姆低声惊呼道，“这究竟是怎么回事啊？”

“什么？”达蒙先生问道，“发生什么事情了？”

“发生？是诬告。”汤姆回答道，“为什么我们被指控在出发的前一晚抢劫了银行75000美元，而且驾驶‘红云’号飞艇携款出逃？这事太不可思议了！太糟糕了！”

“真是血口喷人！”达蒙先生脱口而出，“我要聘请律师，控告这份报纸。上帝保佑我的钱财！我……”

此时，漂亮的女招待正好奇地看着他们。“嘘！不要大声讲话。”汤姆提醒道，“报道在这里，你看看，然后我们想想怎么做。但是，有一件事情是确定的，我们必须尽快回到肖普顿，设法解除对我们的指控。”

“哈！”达蒙先生迅速看完报纸，嘟囔道，“现在，我明白他们为什么对我们开火了。他们是想抓住我们，拿到5000美元的悬赏金。”

回程辩护

汤姆环顾了一下餐厅四周，人不多，而他俩显得非常扎眼。漂亮的女招待正好奇地看着他俩。

“我们应该带上报纸，给夏普先生看看。”汤姆低声对他的朋友说，“我没时间吃完全部食物了。我们走吧。我已经吃饱了，你呢？”

“好了。我已经没食欲了。”

他们站起来，提前买了单。

“你能告诉我如何得到这份报纸的副本吗？”汤姆在桌子上放下小费，并且问服务生。这时，她的眼睛睁得特别大。

“你忘记你的钱了。”她用浓重的南方口音说。汤姆在想，她是自己见过的除玛丽·奈斯特之外最漂亮的女孩了。

“哦，那是给你的，”年轻的发明家回答道，“是小费。你们这里没有给小费的习惯吗？”

“不经常。谢谢你们。但是，你刚才说报纸什么事？”

“我问，在哪儿能拿到报纸的副本？里面有我感兴趣的新闻。”

“哦，我知道你关心什么事情，”女孩说，“是不是飞艇里的人抢劫的事情？”

“你怎么知道的？”汤姆迅速问道。他努力想使自己冷静下来，但是热血却一下子冲上了他的大脑。

“哦，我刚才看到你在读报。这里的每个人都在谈论这件事情。我们都认为飞艇会往这里飞，因为报纸上说罪犯抢劫银行之后，驾驶飞艇往南方飞去了。谁能抓住罪犯，谁就能获得5000美元的奖励。如果我能看到飞艇，我就不需要在这里工作了。你们说，飞艇长什么样呀？”说完，女孩盯着汤姆和达蒙先生。

“为什么呀？上帝保佑……”古怪的人刚要说话，汤姆匆匆打断了他：“哦，我猜跟其他飞艇没什么两样。”因为他担心自己的古怪同伴再冒出奇怪的言语，让别人看出破绽。既然我们的主人公没办法仔细读报，他也不确定新闻稿里是否描述了他和达蒙先生的外貌。

“哎呀，我还希望自己能举报拿奖金呢。”女孩继续说道，“每个人都在留意飞艇和罪犯。你们看到飞艇了吗？”

“我们怎么才能得到这样的报纸？”汤姆忽略女孩的提问，再次问道。

“为什么还问呀？”女孩回答道，“你们那么大方地给了我小费，直接把报纸拿走吧。但是，你们到底吃饱了没有啊？我看你们剩下好多。”

“哦，我们吃饱了。”汤姆匆匆回答道。他现在唯一想做的就是赶紧离开，回去告诉夏普先生。现在他手里有一份报纸，需要仔细看看里面究竟写了些什么。他和他的朋友被指控抢劫银行，盗走75000美元，驾驶飞艇逃走！太不可思议了！而且抓捕他们还能得到5000美元的奖励！他们随时可能会被逮捕，他们不能继续去采购物品了。接下来，他们该怎么办呢？

汤姆和达蒙先生一走出餐厅，就迅速离开了。他们走到街角的路灯下，年轻的发明家停下来，拿出报纸，仔细看起来。这是一篇邻城杂志上的文章，把事件描述得非常清楚。

文中描述了银行被洗劫一空的过程。据说，第一条线索是一个名叫安迪·福格的年轻人提供的，他宣称在银行外面的街道上看到一个熟人，而且还带了一袋子的工具。汤姆明白了福格所说的“熟人”就是自己，但是仍不明白其他细节。

“一袋子工具？我想知道安迪为什么那么说？”他问达蒙先生。

“等我们回去，问问夏普先生吧。”他的同伴建议道，“这件事非常蹊跷。我要控告散布不实消息的人。上帝保佑我的存折啊！我为什么要在那家银行存钱呢！我自己存了钱，还自己去抢劫？”

“可怜的爸爸，”汤姆说，“这消息对他来说太难以接受了。但是，我们该如何购买物资呢？或许我们一购买物资，他们就会追踪我们，然后找到飞艇，逮捕我们。我不想被抓住，何况我是清白的。而且，我不希望我们的飞艇落入警察手中，这样会被弄坏的。”

“我们必须去看看夏普先生。”达蒙先生说道。他们回到“红云”号飞艇秘密停放的地方。

夏普先生听到他们讲的事情之后，非常吃惊，可以说是震惊。他的情绪比达蒙先生还要激动。

“等我抓住安迪·福格再说！”他大声喊道，“我要让他为此付出代价！我看他已经冲着悬赏奖金去了，”他补充道，“他以为警察会听信他的一面之词。”

“看来他已经成功了。”汤姆补充道，“据报纸上的报道，警察已经通知全国人民当心我们。不管我们到哪里，都可能遭遇开火袭击。”

“那我们必须避开他们。”热气球驾驶员说。

“但是，我们必须回家呀。”汤姆说。

“当然了，我们要回去辩护。我们现在必须放弃旅行。天哪，天哪！这件事情太让人震惊了。”

“我不知道，安迪为什么说看到我拿着一袋子的盗窃工具。”汤姆满脸疑惑地说。

夏普先生想了一会儿，然后突然大叫道：“就是我让你去取的那袋工具——长柄扳手、操作杆、撑杆和小零件等。你……”

“原来如此！”汤姆惊呼了一声，“我想起来了。旅行袋掉在地上，袋口开了，安迪和山姆看到了里面装的工具。估计他们认为那就是抢劫用的工具。”

“哦，我们现在假定，盗贼的确用过这样的工具实施了抢劫，”达蒙先生说，“安迪可能以为他很聪明，让警察误入圈套，相信了他的证词，说我们是抢劫犯。”

“等我回去的时候，就让他落入圈套。”夏普先生义愤填膺地说，“那么，现在，我们应该怎么办呢？”

“我们首先要弄些路上吃的食物。”汤姆说。

“是的，我们能办到。我尽量照看飞艇，黑夜中还无大碍。明天一大早我们就出发，任何人都不知道我们来过这里。汤姆，你和达蒙先生回到镇上去，预订一些物资。让销售者把我们买的物资明天一早放在路边。跟他说是旅行者比赛用的，他们自己会过来取，让他保密，不要声张。这一点倒是没骗他。我们的确是在跟时间赛跑，争取快点回家，为我们的名誉辩护。我认为这么办比较好。”

“销售者可能会生疑。”达蒙先生说。

“我希望不会。”热气球驾驶员回答说，“无论如何，我们总要试一试。”

计划进行得还挺顺利，商店老板手头有他们需要的物资，答应按照他们的吩咐放在指定的地点，并且同意了汤姆的保密要求。

“哦，我知道你们是赛车手，”他笑着说，“你们想在比赛中走捷径，所以你们停下来飞一段路程，这样可以打败其他人。我认识你们，因为我在这里经常可以看到一些赛车手。”

汤姆和达蒙先生原本各有一副墨镜以备风大时用，但是年轻的发明家忘了戴。现在，他们没法让店主改变思路了。不管他怎么想了，汤姆和达蒙先生付钱购物后，离开了商店。

热气球驾驶员忐忑不安地过了一个夜晚。他们将飞艇升到空中，垂下一根绳子，绑到一棵大树上。由于不希望别人追踪到他们，所以没有开灯。借着月光，他们从飞艇上下来，匆匆赶往物资搁置的地点。他们发现购买的物资已经好好地放在那里，便将它们搬运到了飞艇上。然后，他们就向肖普顿进发。

当飞艇升入空中，田野上一群劳作的黑人便看到了它。他们马上兴奋起来，指着这一奇景叫嚷着。

“我们被发现了。”汤姆喊道。

“没关系，”夏普先生回答道，“我们很快就会飞出他们的视野，接下来的旅行我们尽量飞得高一些。”

汤姆往下看着那些迅速消失的人，他开始想起餐厅里见到的那个漂亮女孩。

飞艇失事

“红云”号飞艇调头向北，在空中飞翔。飞艇上的人们各揣心事，但主要想的是不负责任的红发男孩安迪·福格对他们的不公正指控。他们又看了下报纸里的声明，想要从中发现一点新的东西。

“现场留下的证据应该很多，”汤姆承认，“对于不了解我们的人来说，我们看起来的确有些可疑。安迪·福格编造了许多证词，还说看到了盗窃工具。”

“我要控告银行，让他们赔偿我们的损失。”达蒙先生气愤地说，“他们诬陷我们，给我的名誉造成了极大的损害。无论如何，我都不会再跟他们做生意。而且，一回去，我就取出一万元的存款。”

“夏普先生看起来没被牵扯进来。”汤姆把那篇文章看了不下十遍之后，说道。

“哦，我猜我是众所周知的坏蛋了，帮助你们驾驶飞艇出逃。”热气球驾驶员笑着回答道，“我希望和你们俩一起被捕。”

“但是我们一定会被捕吗？”汤姆焦急地询问，“我真不喜欢这个想法。我们什么都没做错。”

“我的计划是这样的。”夏普先生继续说，“我们将尽快回到肖普顿。如果我们赶在夜晚到达，就没有人能够看到我们。我们把飞艇停在比较隐蔽的地方，然后去警署解释一下。我们很容易就能证明自己与抢劫案没什么关系，因为发生劫案的当晚我们都在家，斯威夫特先生、杰克逊先生和伯格特夫人都能够证明。”

“是的，”达蒙先生赞同他的说法，“相信他们能够证明。上帝保佑我的银行存折！看起来计划不错。我们就这样办吧。”

依照夏普先生的计划，“红云”号飞艇进入高空飞行。有时，它甚至在云彩之上。尽管这样身体会有不适感，特别是达蒙先生，但是他们很快就适应了。这样飞艇就可以很好地隐蔽自己，以免被地面上的人们发现。

“因为我们不想再被子弹袭击了。”夏普先生解释说，“飞行高度过高会不太安全，但是他们看不到我们，这样好过被袭击。他们会把我们当成一只大鸟，这样，我们就能飞得快一些。”

“我担心新一轮的通缉令将被发布，因为那群黑人看到我们了。”汤姆担心地说。

“哦，是的，但是那群黑人当时太激动了，他们可能把我们描述成有角、蹄子和尾巴的怪物。我不担心，不会有人信的。我关心的是如何让‘红云’号飞艇安全地飞回去。一回到肖普顿，我就去警署好好解释。”

他们后悔之前将飞艇驶入森林火海，现在飞艇飞得又快又稳。旅行者们坐在机舱里想，如果没有这一场指控，他们的旅行该是多么美妙啊。天空晴朗，空气清新。飞行途中，他们不时地从云端往下看，可以看到下方的土地。现在，他们大概能知道自己所处的方位了。因为从获知惊人消息的镇子开始，他们可以很容易地计算出自己的飞行距离。

飞了约100英里之后，因为持续高速飞行，部分新轴承发热，夏普先生觉得有必要减慢发动机的速度。当晚他们稍作停留，并且通过计算得知，第二天傍晚或者最迟还有两天就能回到肖普顿。然而，他们没有预料到一场意外。

第二天早晨，当出发时，他们发现发动机里的一个汽缸开裂了，他们不得不在空中悬浮了好几个小时。在此期间，汤姆和夏普先生换下损坏的部件，装上备用的。而且，不同的汽缸被分别置于彼此独立的空间内。完工时，天色已晚，他们不得不待在同一处，直至第二天的到来。

天渐渐亮了，空气湿热，这在一年中是很不正常的，也许是因为他们仍然处于南方。随着嘶嘶的声音，巨大的螺旋桨开始运转起来。汤姆在驾驶舱检修。当飞艇距离地面大约3英里时，经过一番维修之后的飞艇能够正常运行了，他们继续踏上回家的路程。

“这里比下面凉快多了。”汤姆说道。他将方向轮和方向舵调整了一下，飞艇迎风飞翔，惬意极了。

“是的，我想很快就会有一场暴风雨的。”夏普先生目光专业地看了看云彩，说道，“我们也许刚过暴雨带，也许刚好处于暴雨之中。现在到晚上了，我们即便下降一点，被射击的可能性还是很小的。”

归途中，为了防止遭遇那些为了获得5000美元悬赏奖金而袭击他们的人，白天飞艇的飞行高度不会太低。

一眨眼，下午就过去了，天渐渐黑了。突然，风中传来一种奇怪的轰隆声，夏普先生在飞艇里检查着是不是哪里出了问题。

“我们将要遭受一阵很猛烈的疾风。我们要确保每个零部件完好，而且要随时准备好，以便飞艇根据实际情况向上或是向下飞翔。”

“向上或是向下飞翔？”达蒙先生问道。

“是的，向上我们可以避开风暴，向下可以避开乱流。”

“如果下雨了，怎么办呢？”

“哦，可以飞到雨的上方，由于重力的作用不能在雨的下方。汤姆，气体发生器怎么样？”

“看起来是完好的。”年轻的发明家回答道。他已经将驾驶权交给了夏普先生。

他们早早地吃了晚餐，还没等将餐盘收拾好，就从西面传来了一阵轰隆隆的雷声，不多会儿就看到云团中央有暗红色的亮光。

“暴风雨就要来了，而且是朝我们的方向来的。”夏普先生说。

“你们不能避开它吗？”达蒙先生焦急地问。

“如果我知道它有多高，就能避开，但是我猜测，我们只能等着，然后靠近它，看它到底有多高。”

飞艇向前飞着，暴风雨在狂风大作下急着跟它会合。“红云”号飞艇的电线和木质支撑架上传来发闷的响声。

突然一阵疾风，飞艇侧翻了。

“快点移动平衡杆！”夏普先生对汤姆大声吼道，说完便将方向轮和操作杆交给汤姆，“我去看看发动机能否运转得快一些！”

汤姆及时采取措施，飞艇好似一根软木漂浮在水面上。在螺旋桨的高速旋转之下，飞艇被调整着径直向前飞去。当然要

恰到好处，因为它需要引擎开足马力，才能克服狂风对飞艇造成的不利影响。当然，可以选择调转方向，但是由于他们一心想要向北飞，以便尽快赶回肖普顿，因而并没有那么做。

狂风之后，下起了瓢泼大雨，时不时还有电闪雷鸣。

尽管迎着狂风，飞艇仍行进得不错。在这种情况下，汤姆和热气球驾驶员掌握的飞行技巧还远远不够。在暴风雨的挟持之下，飞艇继续向前飞行。除了雨雾，别的什么都看不见，飞艇就这么艰难地向前飞行着。

雷声震耳欲聋，闪电耀眼夺目得快要刺瞎他们的眼睛，雨水冲刷着他们的飞艇。机舱仍很干燥，但是飞艇看起来却像汪洋大海里的一叶扁舟一样。

“它能平安度过这次劫难，对吗？”达蒙先生对着夏普先生的耳朵大声喊道。他的叫喊声几乎压住了发动机的轰鸣声和外面的风雨声。

热气球驾驶员点点头。

“它是一架好飞艇。”夏普先生自豪地说。

他的话音刚落，他们就听见一个东西碎裂的声音，电光照亮的飞艇看起来就要着火似的。这时，闪电击中了飞艇。

“我们被击中了！我们被闪电击中了！”汤姆惊慌失措地喊道。

“我们正在下降！”紧接着，达蒙先生也喊道。

夏普先生看了看仪表上的高度值，指针不断地摇摆着。“红云”号飞艇在不断降落，暴风雨控制了飞艇。

“我担心，要坏事了！”热气球驾驶员好像担心被雷神听到似的，低声说道。巨大的碎裂声后，一道闪电从空中划过。

“汤姆，赶紧使用滑翔杆。”过了一会儿，夏普先生喊道，“我们可能还在降落，但是我们能够安全着陆。”

在狂风暴雨和电闪雷鸣中，飞艇渐渐向下降落。在下降过程中，汤姆不断调整方向舵，变换飞艇的飞行角度。发动机已经停止工作了，螺旋桨也不再运转。在如此混乱的夜晚，飞艇继续向前飞行很不安全，可能会因为黑暗而撞上什么东西。

他们努力向窗外看去，但是什么都看不见。过了一会儿，咚的一声后，他们惊恐万分地彼此看着，飞艇开始剧烈地颤抖起来。

“我们着陆了！”汤姆拉了一下操作杆，喊道。飞艇已经停下来了。

“现在看看我们在哪儿。”夏普先生苦涩地说，“我们出事了，真是太糟糕了！”

一线转机

三个人从飞艇机舱里狼狈地爬出来，又被冲进了瓢泼大雨之中，汤姆是第一个出来的，他们的脸被狂风割得生疼。“我们踩上硬物了！”他跺了跺自己的脚，喊道，“我猜是岩石。”

“我的老天爷，我希望我们不是在河流中间的岩石上”达蒙先生大叫，“上帝保佑我的灵魂！看起来有水流过我的脚踝。”

“暴雨都快淹到我们的脖子了！”夏普先生在暴风雨中大声喊道，“汤姆，你能搞清楚我们现在在哪里吗？”

“不能。飞艇现在怎么样了？”

“我看得不太真切，气体罐那里好像有个洞，而且是一个大洞，否则我们不会这么快掉下来。”

几个旅行者狼狈不堪。几分钟后，暴雨就将他们淋得浑身湿透了。在黑暗中，他们不知自己身在何处，也不敢轻举妄动，唯恐自己站在岩石上，一旦踏错半步，就会跌入万丈深渊。

“我们还是回到飞艇里面吧。”达蒙先生提议，“那里

比较暖和，还干燥。上帝保佑我的雨伞！我从未被淋得这么湿过。”

“我想先搞清楚自己在什么地方，再钻进去避雨。”汤姆说，“等一分钟，我进去取下手电筒，它可以给我们照明。”闪电已经停了，然而“红云”号飞艇可能因为坠落而受损。暴雨仍旧下个不停，远处还传来轰隆隆的雷声，外边一片漆黑，机舱里也没有灯，他们根本不知道飞艇已经被移动了10英尺之远。

汤姆很快取来了手电筒，里面装的是干电池。他开启手电，看了一下周围，吓得浑身直冒冷汗。

“我们在一个屋顶上。”汤姆喊道。

“屋顶上？”达蒙先生重复道。

“是的，是在一栋大型建筑物的屋顶上，而且你们以为的河流其实是流淌过去的雨水。看！”

年轻的发明家将手电筒向下一照，他的同伴们能够看到飞艇停靠的地点了。毫无疑问，他们就停在一栋建筑物的上面。

“如果我们在屋顶上，那么我们就处于城市的中心地带，”达蒙先生客观地分析说，“但是我没看到周围有灯光，而且如果我们真在城市里面，应该能够看到灯火才对。”

“或许暴风雨让城市停电了，”夏普先生说，“经常会发生这样的事。”

“我想到一种确认的办法。”汤姆继续说。

“怎么办？”

“开启我们的应急手电，四面都照照。黑夜里，我们难以确定屋顶究竟有多大，走到屋顶边缘去确认有些危险。”

“是的，手电筒一直开着也很危险，”夏普先生反对这么干，他说，“人们很容易发现我们。不管有没有暴风雨，很快就会围过来一群人。我们把手电筒关掉，先搞清楚状况再说。我们必须在天亮之前离开这里。”

“如果我们不能离开呢？”达蒙先生问道，“无论如何，人们都会看到我们的。”

“我确信我们能够顺利离开。”热气球驾驶员肯定地说，“即便我们的气体罐坏了，不能工作，飞艇仍然是一架飞机。这个屋顶很平整，我们可以从这里起飞离开。不，等雨小一点，我们就离开。”

“那么，我去看看这栋建筑物究竟是什么样子的。”汤姆说道。与此同时，夏普先生开始四处查看飞艇的状况，而汤姆继续小心翼翼地确定屋顶的大小。

这会儿，雨没那么大了，汤姆感觉视线稍好些了。达蒙先生发现自己什么忙都帮不上，就回到机舱，用古怪的方式请上帝保佑自己和自己的各种物品。

汤姆拿着一闪一闪的手电筒，慢慢走到屋顶的一侧。屋顶非常大，他根据自己行走的时间就可以判断出来。在屋顶的边缘有一段护墙，他向下看去，一堵黑色的墙壁映入他的眼帘。

“我一定已经到了楼房的一侧。”汤姆想，“我去前面那一侧，或许能看到一个标志，告诉我在什么地方。”

汤姆向左走去，很快到了另一段护墙处，这面墙更高，上面贴有装饰性的瓷砖。显然，这就是楼房的前面。汤姆向下看去，看到几百盏电灯闪闪的，城市的照明已经恢复正常了。随后，汤姆看到了巨大的霓虹灯，上面写着：米德尔维尔阿尔卡德。

汤姆惊呼了一声。

“怎么回事？”夏普先生问。

“我发现了什么，”汤姆迅速跑到他的朋友身边，回答道，“我们在米德尔维尔阿尔卡德大厦的顶上。”

“这说明什么？”

“这说明我们离家不远了，而且我们处于一个比较大的城市的中心地带。它还说明了别的。”

汤姆站在机舱的窗户边上，周围一片漆黑。热气球驾驶员被汤姆激动的心情感染了，问道：“什么？”他从窗户透出的微弱灯光里，看到了汤姆眼中的亮光。

“这里就是安森·莫尔斯所在的大厦，他就是曾经抢劫过爸爸的人，他曾经在这里有过一间办公室。”汤姆继续说道，“这里就是他们密谋不轨的地方，没准下面就有他的同伙。”

“哦，如果他们在这儿，我可不想跟这帮歹徒有任何瓜葛。”夏普先生说，“我们不能逮捕他们。我发现我们的飞艇还好，只要我们愿意，随时都可以离开。只是气体罐有点漏气，因为气体发生器被闪电击中后损坏了，不过我已经修好了。”

“我想去看看能否找到这帮歹徒的踪迹。没准我可以从他们身上知道点什么，他们或许就在这里。”

“但是你为什么想要得到这帮坏蛋的消息呢？”

“因为——”汤姆回答说。此时，达蒙先生从飞艇的机舱里走了出来，汤姆便贴着热气球驾驶员的耳朵将话说完。

“你不能这么干啊！”夏普先生低声说。汤姆使劲点点头。

“但是你怎么进入大厦呢？”夏普先生问道，“你又不能从屋顶的边缘下去。”

“从逃生梯下去。”汤姆回答，“屋顶上一定有逃生梯，因为有时他们也需要上屋顶。如有必要，我们要撬开门锁。我想进入大厦，看看莫尔斯的办公室在哪里。”

“好吧，你去吧。我在这里陪着达蒙先生，让他不要跟着

你下去。这对他来说实在是一个重磅消息。你去吧。”

在达蒙先生的帮助下，夏普先生修理好了飞艇，于是，他带着达蒙先生进入机舱。汤姆从工具袋里取出一个大扳手，走向屋顶的逃生梯。门是锁着的，汤姆用工具撬开了锁。几分钟后，在办公室走廊里，汤姆像一个蒙面大盗似的，借助手电筒的光，小心翼翼地匍匐前进。

他们还在这里吗？汤姆很想知道这个问题的答案。他知道莫尔斯的办公室在屋顶下面第二层，他一边下楼梯，一边想着如果碰到保安或是清洁工该如何回答。但是，他没有遇到任何人。当到达莫尔斯和他同伙办公室所在的那一层时，他停了下来，侧耳倾听。起初，他什么都没听到。后来，由于暴风雨小了，他隐隐约约地听到了说话声。

“难道就是他们？”汤姆自言自语。

他向前走去，每走一步阶梯就停一下，仔细听，说话声也变大了。现在，汤姆快要到达莫尔斯的办公室了。看到那间办公室亮着灯，他的心扑通乱跳。他看到办公室门上的标识牌——“工业发展公司”，这就是莫尔斯的皮包公司，还看到地上有两个人的影子。

“里面有人。”汤姆对自己说。他现在大概能够听到他们的说话声。声音从屋子里传出来，汤姆还不能判断是谁在说话。

虽然里面的人低声说了一会儿，但是汤姆也听不真切。突然，低声说话变成了高声叫喊，只听有人喊道：“很快就有钱分了。不能再让莫尔斯拿75000美元！我想得到我的那一份，或者……”

“嘘，小声点！”另一个人喊道。

“不，我不要小声说！我要拿到我的那一份，我等的时间太久了。如果不能在一周之内拿到钱，我就自己去找沙格曼，让莫尔斯分给我。我出了力，我要拿回自己的报酬。”

“你能小点声吗？”另一个人央求道。突然，汤姆听到有人转动门把手的声音。门开了一条缝，透出来一道光，显然有人要出来了。年轻的发明家不能再听墙根了。现在，他有了线索，于是，迅速踮起脚，跑到楼梯，向屋顶走去。

庭审预演

“汤姆，有什么发现吗？”夏普先生看到汤姆大步流星地走上屋顶，把门锁牢，他问道，“你看起来很兴奋。”

“如果你听我说完，你也会很兴奋的。”

“什么？难道你看到那帮歹徒就在下面？”

“是的，而且我听到了谁是抢劫肖普顿银行75000美元的真凶。”

“不是吧！你真的听到了？”

“我的的确确听到了。”

“那我们最好告诉达蒙先生，他在机舱里。”

“当然，我会告诉他的。他比我还关心这事，他希望自己的名誉不受玷污。这不是太凑巧了吗？”

“但是你不确定谁参与了抢劫吧。你是说‘乐天哈利’帮抢劫了银行？”

“根据我听到的，应该就是他们。我们还是进去说吧。”

“还是先起飞吧。现在飞艇已经修好了，而且没什么好担心的了。暴风雨已经停了，我们在空中比在这个屋顶上更安全。你尽可能得到所有信息了吗？”

“我还想听一下他们说什么，但是有人出来，我不得不离开。他们正在争吵，当盗贼们内讧……”

“为什么诚实的人总是受到伤害？”达蒙先生从机舱里出来，插嘴道，“上帝保佑我的格言！我想你们应该有比站在这儿讨论更重要的事情做吧？”

“我们有事情做。”夏普先生迅速回答，“我们要启动飞艇了，而且我们有消息告诉你。汤姆，你负责方向轮，我来启动气体发生器。我们升到一定高度之后，再启用螺旋桨，这样就不会引起轰动了。”

“但是，你们有什么消息要告诉我呢？”达蒙先生问道，“上帝保佑我还活着！你们令我太兴奋了，你们可要满足我的好奇心呀。”

“过一会儿告诉你。”夏普先生回答，“汤姆，打起精神来。可能会有人看到屋顶上的我们，暴风雨之后，天色亮多了。”

外边的风雨声渐渐小了，汤姆从屋顶的边缘向下看去，街道上有行人。乌云飘走了，月亮渐渐露出了头，飞艇在屋顶上显得特别突兀，他们需要加快进度了。

幸运的是，飞艇可以不在螺旋桨的作用下起飞，因为气体就能使它升空。他们发现，闪电击中了巨大的红色气体罐，好在不是特别强烈的闪电，而且气体罐是一个相对独立的部件，所以没有对其他部件造成危险。气体罐的两三个零件坏了，但其他地方完好无损。随着蒸汽的气压不断增加，飞艇就能悬浮在空中了。

三个旅行者迅速走进机舱，边走边抖落身上的雨水。接着，在汤姆和夏普先生的操控下，飞艇慢慢地升空了。幸好他们起飞了，因为月亮突然从乌云中探出头来，正好挂在屋顶的上方。街上行人会不由自主地朝这个有光的地方看，并将这个庞然大物看得清清楚楚。然而，在他们取出眼镜和望远镜，招呼同伴观看前，“红云”号飞艇早就飞得远远的了。

“现在，我们把衣服烘干，喝些热饮料，然后听汤姆讲讲他听来的秘密。”夏普先生说道。于是，在米德尔维尔的上空，汤姆跟他们讲述了在办公室听到的那些谈话。

“他们才是抢劫银行的盗贼，却把我们置于不公正指控的境地。”汤姆总结说，“如果我们能够抓住他们，我们就能得到悬赏奖金，像安迪·福格和他的同伙那样。”

“但是你怎么抓住他们呢？”达蒙先生问道，“你根本不知道他们在哪里呀。”

“我的确不知道莫尔斯和他的同伙在哪里。不过，我有一个计划，是这样的：我们去一个比较偏僻的地方，把飞艇丢在那里，然后通知当局，就说看到嫌疑犯了。他们可能会过来，然后逮捕在莫尔斯办公室里的人，这样我们就能让沙格曼去参加庭审了。这个名叫沙格曼的人看起来有点江湖地位，我以前从未听说过他。据办公室里那人所讲，钱好像在他手上，他就是我们要找的人。”

“沙格曼！”达蒙先生叫起来。

“是的，沙格曼。我听到办公室里那人说去沙格曼那里，找莫尔斯分钱。沙格曼可能是盗贼帮的头目。”

“哈！我明白了。”达蒙先生突然叫喊起来，“我怎么之前没想起来呢？沙格曼是总部地址，不是帮派头目。”

“你是什么意思？”汤姆激动地问。

“我的意思是，沙格曼是一个离这儿大约55英里的小镇。公室里的那家伙的意思，是去沙格曼镇上找莫尔斯分钱。莫尔斯就在沙格曼！那里就是坏蛋藏身的地方！那里就是被抢劫的钱财所在的地方！哈，汤姆，我们现在好像在庭审呢！”

州长出马

达蒙先生的话对汤姆和夏普先生来说简直是莫大的惊喜。他们一直以为沙格曼是个人名，压根儿没想到是个地名。但是，达蒙先生的地理知识帮了他们的大忙。

“那么，接下来要做的第一件事是什么？”停了一下，汤姆问道。

“要我说，第一件事是去沙格曼或者临近沙格曼的地方。”夏普先生问，“达蒙先生，该往哪个方向飞？”

“在我们的西北方向。沙格曼是州政府所在地，我们可以向州长求助，这对我们的计划来说太有用了。”

“前提是我们能把盗贼帮找到。”汤姆说，“我想这件事没那么容易。我们该怎么办呢？”

“我们先去沙格曼。”热气球驾驶员建议道，“我们选择一个不起眼的地方降落，然后再说。没准我们会碰上这帮家伙呢，就像你去莫尔斯办公室那样。”

“我担心没那么好的运气。”

“好啦，我想我们还是睡一会儿吧。”古怪之人说，“上帝保佑我的眼皮！我太累了。”

既然飞艇在地面上的人们看不到的高度，就没必要有人看守着，于是他们很快都进入了梦乡。开始，汤姆还睡不着，脑海里还设想了各种抓捕坏蛋的方案。然后，他们追回银行的钱财。最后，还他们清白。

第二天早晨，热气球驾驶员仔细计算了飞艇飞到沙格曼上方的时间。飞艇朝着正确的方向进发。大约十点钟，他们到了沙格曼。通过望远镜，他们发现这里有大片未开垦的区域。然后，他们又让飞艇上浮，以防被地面上的人群发现。他们希望悄无声息地降落，因此选择天黑以后行动。这样做有两个原因。一个是全国上下都想逮住他们，以获取银行提供的悬赏金，但是他们不希望这样的事情发生。另一个是他们想要悄悄地进入小镇，把事情的原委告诉州长，以获得他的帮助。

一整天，“红云”号飞艇都在蒸汽的作用下，飞翔在几英里高的空中，并一直保持这个高度。夏普先生决定在树林的空地上降落。在人们看不到的云端，飞艇缓缓地飞翔，有时偏离原定的航线太远，他们就会开启螺旋桨，调整一下，让其回到正确的轨道上。

等待的过程很枯燥，但是他们知道这是他们唯一能做的事。夏普先生和汤姆忙着修理几个必须调整的零部件。在空中，没办法维修铝制容器上的洞，除非能找到五金店或是隐蔽的场所。但是就算不维修，飞艇也能正常地飞行。达蒙先生有点烦躁不安，在一天的飞行中，他不停地请求上帝保佑这，保佑那，似乎没有他未请求保佑过的东西。汤姆制作的美味晚餐，他暂时充当了厨师，这占用了他一点时间。然后，他们就焦急地等待夜晚的降临，以便飞艇降落。

“我希望月光不太亮。”夏普先生说，他再次仔细检查了发动机以免它再罢工，“如果月光太亮，我们就会暴露。”

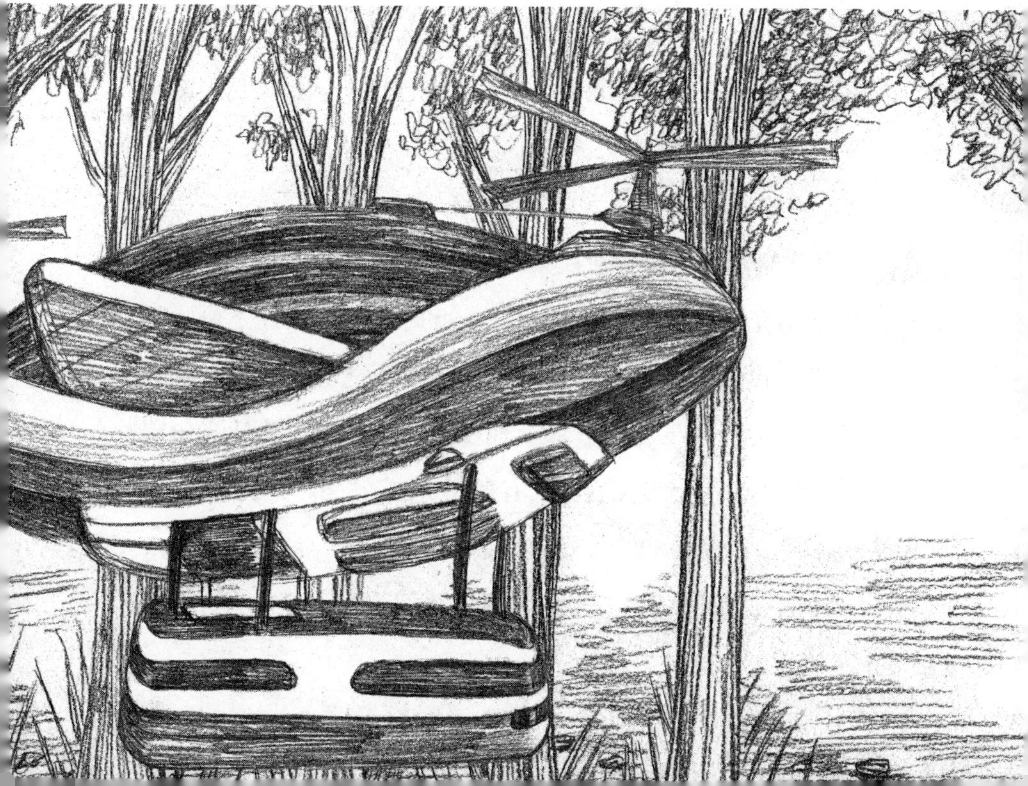

“但是有一点光比较好，利于我们正确停靠。”汤姆补充说。

幸运之神眷顾了这几个旅行者。月亮时而散发着幽幽的光芒，时而又被移动的乌云遮住，给了飞艇有效的屏障。由于飞艇一直在飞，还有大团的乌云，因此从地面上难以发现它的踪迹。

在夏普先生和汤姆娴熟的操控技巧下，飞艇稳稳地降落在一片小树林里。

“现在，我们去镇上找州长。”夏普先生说，“汤姆，我认为你应该一个人去。你可以把事情的来龙去脉讲给州长听，我和达蒙先生在这儿等你回来。我希望你最好能获得州长的帮助，找到那帮劫匪的老巢。他们就在镇上，州长和他的部下一定能找到他们。”

“我会求他帮忙的。”说完，汤姆就出发了。

从飞艇停靠的树林通往城镇的是一段非常僻静的路，然而汤姆毫不介意。他到达了沙格曼，此时，州长已经下班。于是，汤姆找到州长家。在街道上，汤姆还能听到人们正在谈论那天早晨看到飞艇的情形。他很庆幸选择在夜晚让飞艇降落，因为不止一个市民后悔没有抓住“红云”号飞艇上的旅行者，而错失了获得5000美元悬赏金的机会。

汤姆找到了州长——杜肯先生，一个和蔼可亲的人。一提到飞艇，他就显得饶有兴趣。

当汤姆告诉州长，他和朋友们如何来到沙格曼时，州长问道：“你是其中一位抢劫银行的嫌犯吗？”

年轻的发明家极力否认，并将事情的经过告诉了他。最后，他请求州长帮助他们，并且问他是否知道“乐天哈利”帮可能的藏身之地。

“年轻人，你来得正是时候。”杜肯先生确定汤姆是个诚实的孩子之后，回答道，“上一周，我一直在追踪这帮人。他们藏在一个废弃的营地，离这儿大约10英里。总有人提醒我们要当心那帮人，我以为他们在搞赌博游戏，但是苦于没有证据，而且他们没露出过任何破绽。我相信这帮人就是你要找的人。如果我们能在他们毫无察觉的时候赶过去，就能逮个正着。”

“州长，我们能逮住他们。”

“怎么办？”

“坐我们的飞艇！你可以跟我们走。我们飞到他们营地的上方，然后，我们把你放下去。”

“好主意。我从来没有驾驶过汽车，更别说飞艇了！”州长继续说道，“我不够足智多谋，我手下的官员也是。”

“让手下的官员一起来吧。”汤姆建议。

州长有些犹豫。突然，他猛拍了一下大腿，激动地说：

“太好了！我跟你走！这是我人生第一次用飞艇抓罪犯！带路吧，小伙子！”

一小时后，州长登上了“红云”号飞艇，他们开始讨论抓捕罪犯的计划。

打探营地

“哎呀，你们的飞艇可真漂亮。”当汤姆和朋友们讲述了他们的旅行经历之后，杜肯州长一边看着飞艇，一边由衷地赞叹道，“用飞艇抓捕罪犯很先进啊，但我猜这是我们抓住他们的唯一办法。现在，我回到镇上去，明天早上，我要做的第一件事情就是召集我的手下，准备出发。他们将包围坏蛋的营地，然后，静静地等待我们的到来。当我们飞到他们头顶时，我一声令下，我的人就会围拢过去，将他们一锅端掉。”

“计划不错，”夏普先生说，“但是你确定这帮人就是我们要找的人吗？这样太牵强了，不过汤姆获得的线索也很有限，只有沙格曼这个地名。”

“这里就是沙格曼。”州长继续说道，“而且，我告诉你们吧，我一直想端掉他们的老巢。即便没去抢劫银行，他们也在那里搞赌博游戏。我非常确定，如果银行抢劫犯在这附近，那一定就在那个营地。当然，并非所有的人都参与了抢劫，而且他们可能也不是很清楚状况，但是去打探一下营地也没什么问题。”

州长先生围着飞艇看了一圈，跟新朋友们寒暄了几句就离开了。他还答应第二天一大早就过来。

“我们上床休息吧，”过了一会儿，夏普先生说道，“明天还有许多艰苦的工作呢。”

第二天，他们早早地起床了。在树林的掩护之下，汤姆和夏普先生认真检查了飞艇上面的每一个零件。

大约九点，州长来了。他说手下的25个人已经出发了，他们计划将坏蛋的营地围住。

“他们会在中午到达营地。”杜肯说，“我一下命令，他们就会包围营地，双方将会交火。来这里之前，我听说营地上去了新人。”

“可能是我在办公室听到的那几个人，”汤姆推测道，“他们也许是来分钱的。我们必须赶在他们分赃之前，将他们一锅端掉。”

“正是如此。”州长赞同地说。在白天，飞艇带给州长的震撼要比夜晚强烈得多。他仔细观察飞艇上的每个部件，当飞艇即将起飞时，他与已经在空中飞行了几百英里的其他三人一样忐忑不安。

“这种感觉太棒了！”当飞艇在气体的推动之下迅速升空

时，州长高声喊道。

随着飞艇越升越高，杜肯州长也越来越激动。他一点也不害怕，他可是运筹帷幄的大人物。

“让飞艇往左飞一些，”州长对正在驾驶的汤姆说，“主营地就在那里。我们到那里还需要多久？”

“如果我们高速飞行，大约15分钟就能到达。”汤姆回答道，他的手停在操作杆上，“我们需要高速飞行吗？”

“没必要。而且，现在，我的人马没有足够的时间包围坏

蛋的营地。目前，我们处于森林深处。如果我是你们，我就飞到营地的正上方，让他们看不到你们。到了中午，你们就下去，我发出开火的信号，那么，有趣的事情就会发生了。当然，对我们有趣，对他们可不一定了。”说完，州长得意地笑了。

州长的计划得到了大家的热烈响应。等到飞艇靠近营地，在距离地面一英里的高空时，他们尽量让飞艇只在营地上空盘旋。

接近正午时分，州长看了看他随身携带的武器，下令降落。飞艇中红色容器里的气体快速作用，在下降操作杆的指挥下，“红云”号飞艇迅速降落。

“你们准备好了吗？”州长看了一下表，大声问道。

“准备好了。”夏普先生回答。

“那么开始战斗吧。”州长说完，拿出自己的手枪，迅速开了两枪。

下方的树林里也回应了两声枪响，“红云”号飞艇垂直降落到了嫌犯的营地。

突然袭击

“找好点的地方降落，”夏普先生对汤姆喊道，“任何小而平整的地方都可以。尽量将气体全部放出，这样容易控制飞艇。接着你跳出去，加入战斗的队伍。”

“是的！”州长喊道，“战斗这个词用得好！他们正从屋里跑出来。”他一边从机舱的窗户向外看去，一边补充道，“坏蛋们已经拉响了警报。”

飞艇朝着树林中的空地降落，周围是老式的野餐区。营地里的人来回乱跑。

“我希望我的部下赶快到来，”州长着急地说，“他们人多，可依赖。”

从坏蛋们来回跑动的情况估计，至少有50个人。有人看到了飞艇，大声喊叫，同时还指着天空说着什么。

“红云”号飞艇越来越靠近地面，营地里的人们四处乱窜。有几个跑出了树林，然后又匆匆回来，呼叫他们的同伙。

“哈！我的人马已经来了！”州长高兴地说，“他们把歹徒堵截住了。”

有些歹徒看到巨大的飞艇降落在他们的营地，感到非常吃惊，以至于呆站在那里，目不转睛地盯着飞艇。有些歹徒在找砖块，想要做垂死挣扎。有些歹徒看起来有武器。在营地的一边，他们发现了一所小房子，看上去比营地里其他的房子要好一些。汤姆不仅注意到了，而且还看到几个人聚在那里。有一个人，汤姆看着有些眼熟。于是，他让达蒙先生也赶紧看一眼。

“你认识他吗？”汤姆着急地问道。

“上帝保佑我还活着！那不是安森·莫尔斯吗？帮派里的一个人。”古怪之人喊道。

“我也觉得是他。”汤姆同意道。

他对州长讲道：“银行抢劫犯就在这里。”

“如果我们能把抢走的钱财找回来，那就太好了。”夏普先生说。

突然，从营地周围的树林边传来一声叫喊。马上，树丛中跑出来一拨人。

“我的部下！”州长先生喊道，“我们现在赶紧下去！”

飞艇离地面大约100英尺，不过汤姆开大了气体排出量，飞艇迅速朝地面降落。当飞艇触及地面，他将大量的气体推入气罐中，以加大飞艇的浮力，防止落地时震动过大。

没过多久，飞艇就稳稳地停在地上。

州长先生一马当先，下令：“小伙子们，上吧！”

他的人马应声而动，朝空中放了一枪。

“汤姆，快点！”夏普先生喊道，“我们赶紧去莫尔斯所在的小房子。”

“我也去！我也去！”达蒙先生边跑边喊，两只手里还各拿了一个矿泉水瓶。

汤姆主要想抓住抢劫银行的那几个人。于是他飞快地穿过树林，跑向附近莫尔斯出现过的小房子。他和夏普先生几乎同时到达。当到达门前时，他们看到帮派头领“乐天哈利”从里面跑了出来，后面还跟着莫尔斯和一个名叫费斯通的男人，费斯通的手里拎着一个黑色的皮箱。

“嘿！放下皮箱！”夏普先生喊道。

“不放下！”那人喊道。

“快跑！快跑！”莫尔斯催促道，“去树林里！我们来对付这些人！”

“嘿！你想跑？”汤姆大喊。他冲向莫尔斯和“乐天哈利”之间，想要抓住那个拿着皮箱的男人，他猜皮箱里面可能装有现金。汤姆成功阻截了费斯通，抓住了他的腿。但是，费斯通顺利摆脱了汤姆，还将他举了起来。我们的主人公想要伸手去拿皮箱，突然，他的后脑勺被人一击，他倒在地上，看到莫尔斯狠狠地用脚踢自己。汤姆觉得越来越虚弱，迷糊之中，他似乎看见帮派头领正伸手去抢皮箱。

此时，我们的主人公突然有了能量。他不希望这个时候让近在咫尺的坏蛋溜掉。他努力克服自己的虚弱感，挣扎着爬起来，想要去抓住莫尔斯。莫尔斯把他挡开了，但是汤姆像猛虎一般扑向他，他的热血不断上涌。

汤姆想要夺下皮箱。

“我们走！”莫尔斯喊道，并在汤姆的脸上打了一拳。汤姆感觉疼得厉害，但是他努力挺住，用左臂挡住对方的袭击。与此同时，他努力拽住皮箱，想从莫尔斯手中夺下来。莫尔斯抬起脚猛踢汤姆，就在这时，只听到嘶嘶的怪声，一种泡沫状的液体越过汤姆头顶，喷射到了莫尔斯的脸上，他的眼睛立即疼得无法睁开。

“哈！可制服你了！要不要再来一点？”达蒙先生喊道，接着他又将矿泉水瓶里的液体喷到了莫尔斯的脸上。

他疼得狂吼着，手里的东西掉了下来，汤姆赶紧捡起来。他看到达蒙先生冲到已经毫无战斗力的莫尔斯面前，将两瓶液体全都喷到他身上。等瓶里的液体全部喷完，古怪之人用瓶子狂砸莫尔斯的头部和肩膀，直到坏蛋大喊饶命方才罢休。

汤姆正暗自庆幸自己拿到了箱子，这时“乐天哈利”突然冲向他。

“是我的！”他咆哮着，用尽全力朝汤姆的脸上打去，并试图夺走皮箱。

他的手快要抓住皮箱了，突然，他像一根木头一样无法动弹。汤姆一看，原来是夏普先生来了，他已经将莫尔斯击昏在地。

“汤姆，你没事吧？”热气球驾驶员问道。

“还好，有一点头晕。我已经拿到赃款了！”

“真的吗？”

汤姆打开皮箱，扫了一眼，就知道里面装了大量的现金。

在“乐天哈利”苏醒前，夏普先生用带来的绳子将他捆了个结实。莫尔斯已经完全失去了反抗之力，因为液体已经进入他的嘴巴和鼻子，使他难以呼吸了。他只能束手就擒了。

很快，莫尔斯也被绑了个结实。“乐天哈利”帮的其他人已经逃走了。

与此同时，州长和他的部下与对方展开了激烈的战斗。由于大多数犯罪分子是亡命之徒，战斗并不十分顺利。州长有几个部下负了伤，而一些坏蛋趁机溜走了。

“这次突袭基本成功。”州长先生总结道。此时，营地已经恢复了平静，坏蛋们被绑住，站成了一排。州长先生问道：“你们拿到钱了吗？”

“几乎全部拿到了。”汤姆回答。现在“乐天哈利”和莫尔斯已经被制服，汤姆在夏普先生和达蒙先生的帮助下清点了赃款。“只差2000美元。我想银行会很高兴看到我们追回了几乎全部的赃款。”

“我想也是。”州长先生补充道，“非常感谢你们用飞艇帮忙抓住了坏蛋，否则这次突袭不会这么顺利。现在，我们将把这些坏蛋关进监狱。”

他们请附近的农民帮忙将这些坏蛋押送回州府。至于“乐天哈利”和莫尔斯，他们被请进了飞艇。在州长和两名警卫的护送下，飞艇打道回府。犯罪分子还没从惊慌失措中回过神来，战斗就已经胜利结束了，他们还没意识到自己是在飞往监狱的空中。

“现在，我们回家了。”犯罪分子已被拿下，汤姆高兴地喊道，“我们回去证明自己的清白，并将赃款归还银行！”

“而且还能拿到悬赏金，”夏普先生笑着说，“别忘了！”

“哦，是的，我想杜肯先生也能分到一部分奖金。”汤姆继续说，“正是因为有了你的帮助，我们才顺利抓住了犯罪分子，成功缴获了赃款。”

“哦，我们平分秋色。”州长回答道，“我很高兴打掉了这个帮派。”

第二天早晨，汤姆和朋友们驾着“红云”号飞艇向家的方向飞去。

他们带着“乐天哈利”和莫尔斯的犯罪证据回家了。也就是在汤姆和朋友们起航的前一天晚上，两个坏蛋交代了他们抢劫肖普顿银行的经过。实际上，那帮坏蛋蹲点的目标就是那家银行。拿到赃款后，他们就跑到沙格曼的营地躲起来，希望不会被警方抓住。但是，汤姆那天晚上偷听到的谈话暴露了他们的行踪。突袭前到达营地的那些人，就是在大厦被汤姆偷听到谈话的那些人，他们是来分赃的。汤姆的伤不太严重，医生很快就处理好了。

罪有应得

年轻的发明家和他的两个伙伴让飞艇快速飞行，他们无暇欣赏湖光山色。很快，他们就到了肖普顿，飞艇稳稳地落在斯威夫特家的院子里。

不用说，老发明家很高兴看到自己的儿子归来，伯格特夫人也热烈欢迎他们的归来。夏普先生和达蒙先生也特别高兴看到朋友安全抵达。

“我必须去看看银行行长潘德盖斯特先生。”斯威夫特先生说，“我们必须把赃款还给他，并让他给我们颁发悬赏金。”

“是的。”汤姆同意了，“我猜奖金将属于我们，而非安迪·福格。”

当我们的主人公和朋友们带着一袋子沉甸甸的赃款走进银行时，银行里的职员们都惊呆了。他们只能猜测是怎么回事，因为很快主人公和朋友们就进入了银行行长的办公室。

听完汤姆和夏普先生讲述的事情经过，银行行长潘德盖

斯特先生感到非常吃惊，一时说不出话来。然而，赃款的缴获，杜肯先生发来的逮捕“乐天哈利”和莫尔斯的确认函，让他很快相信了汤姆所讲故事的真实性。

“这简直是我听到的最奇妙的事情了。”银行行长说道。

“那么，你接下来打算怎么办呢？”达蒙先生问道，“你指控过汤姆和我抢劫银行，现在……”

“我道歉，非常抱歉，”银行行长说，“我也是……”

“悬赏奖金呢？”达蒙先生继续说道，“上帝保佑我的存折！我不想要奖金，因为我的钱很多，但是我认为汤姆、夏普先生和州长先生有资格拿到奖金。”

“当然，”银行行长忙不迭地说，“当然，立即付给你们。我要先召集董事会。实际上，他们现在就在银行里。福格先生不在，我可以打电话给他。你们在房间里休息一会儿，我开完会就可以付给你们奖金了。这简直是我遇到的最奇妙的事情，太奇妙了！”

在一间休息室里，汤姆、斯威夫特先生和达蒙先生正在等待董事们开会。过了一会儿，福格先生来了。

“潘德盖斯特先生，我说什么来着？”他一边搓着手，一边大声说，“银行抢劫犯被抓住了，是吗？真是一个好消息。当然，我们会付悬赏金的。我知道我的孩子是聪明的孩子。5000美元应该奖励给他。当然他的同伴山姆也能得到一些，但是不多。那么，他们抓住了汤姆和达蒙，是吗？我就知道达蒙是个坏蛋。”

达蒙先生听到这些话，气得握紧了拳头。

“我要去揍他一顿。”达蒙先生低声说道。

“汤姆也被抓住了，是吧？”福格先生继续说道，“我知道他也是个坏蛋。谁抓住他们的？他们在哪？”

“就在隔壁房间。”银行行长回答道，他跟汤姆一样爱开玩笑，“他们现在可以出来了。”他打开房门，让奈德·牛顿招呼汤姆、斯威夫特先生和达蒙先生进来。

“先生们，”银行行长清了清嗓子，说道，“我很荣幸向大家介绍汤姆·斯威夫特先生、巴顿·斯威夫特先生和韦里克菲尔德·达蒙先生。我也非常荣幸地宣布汤姆·斯威夫特先生和达蒙先生追捕银行抢劫犯有功。今天上午，我很高兴，他们将几乎全部的赃款带回来，交给了我们。他们是经过了战斗才夺回这些钱的……”

“一场用了矿泉水瓶的战斗，别忘了！”达蒙先生自豪地说。

“是的，一场用了矿泉水瓶的战斗。”银行行长笑着说，“一场激战之后，他们为我们夺回了被盗的钱财，就是这些钱，所以现在我决定付给他们之前承诺过的悬赏金。”

“什么？奖金？付给他们？被盗的钱追回来了？不是我的儿子揭发盗贼的身份而获得5000美元的奖金吗？”福格先生连

续追问道。听了行长的话，他吃惊得眼珠都快要掉下来了。

银行行长干笑了一声，回答道："你儿子所提供的信息是大错特错呀。他所看到的工具是汤姆飞艇里用的，而不是抢劫犯的。是曾经抢劫过斯威夫特先生发明的涡轮机模型的那伙人抢劫了我们的银行。汤姆抓住了他们，他应当获得悬赏金。我们这些董事会成员应该自己凑够这笔钱，而且，我很乐意这么做。"

"我也同意。"在座的每个人都异口同声地说。

"但是，呃，我理解我的儿子……"福格先生有点结巴地说。看到自己的儿子即将丢掉悬赏金，他有点不高兴。

"你的儿子弄错了。"银行行长说，"先生们，你们同意我为年轻的斯威夫特先生开一张支票吗？"

他们都同意了，即便是福格先生也不得不同意了，虽然他心里很不愿意。董事会开成这样，他非常懊恼。通告马上发到张贴过悬赏海报的所有城市，并且收回之前的指控，宣布汤姆·斯威夫特和达蒙先生是清白的。夏普先生不曾受过指控，当然也就不会有新的指控。

"好了，我们回家吧。"汤姆口袋里装了5000美元的奖金，他兴奋地说，"等'红云'号飞艇一修好，我就再来一次飞行。"

"我也是。"达蒙先生说。

这个古怪的人和汤姆走在前头，而且汤姆朝码头走去，他想开着自己的摩托艇兜一圈。

他在湖边没有遇见什么人。突然，从水里钻出来一个身影。汤姆立刻认出了这个人——安迪·福格，对方看到汤姆出现时感到非常吃惊。显然，他不知道我们的主人公已经回来了。

“哈！”红发小子喊道，“汤姆·斯威夫特先生，我一直在找你，警察也一直要逮住你。”

“哦，是吗？”年轻的发明家轻轻地问道。

“是的，你抢劫了银行。我即将拿到悬赏奖金了。你以为你多聪明呀，我看到你旅行袋里的作案工具了。我告诉了警察，让他们去抓你。你回来了啊！我要去告诉西蒙森警长。你等着瞧。”

“好吧，”汤姆回答道。“我等着。警察要抓我，是吗？”

“警察就是要抓你，”安迪冷笑着说，“我告诉你，我跟你扯平了，跟你没关系了。”

“好吧，”汤姆已经有点忍无可忍了，因为他想起了这个恶霸曾经带给他的那些痛苦，“我说过我跟你扯平了，但是我们还没完。我要走了。安迪，脱下你的大衣。我们两个比画比画。”

“你敢动我一个手指头试试！”眯眯眼的男生脱口而出。

汤姆脱下他的大衣。安迪知道躲不过去了，于是不得不冲上前，给了他一拳。这正是汤姆所需要的，接下来汤姆的拳头就像雨点一样落在了安迪身上。恶霸想要反击，但是他几乎毫无反击的机会，因为他的对手已经异常愤怒了。最终，安迪不断求饶，样子实在难看。

汤姆压根儿没想过给安迪什么奖赏，但是他刚才所做的却连本带利还给了安迪。安迪爬起来，气呼呼地说：“你等着吧，你会为今天的事后悔的。”

“哦，你就别再给我添麻烦了。”汤姆穿上大衣，说道。但是，安迪后来的复仇行动的确给汤姆带来了很多麻烦，预知后事如何，请看本系列书籍第四部，在那本书里我叙述了一次特别刺激的航行。

当天下午，汤姆高高兴兴地回家了。事情比他们预想得还要好。几周之后，其中两个劫匪也被捉拿归案，但是他们的同伙未被抓住。汤姆将一部分悬赏金给了杜肯州长和夏普先生，然后将自己的那一份投入银行，买了股票，而达蒙先生拒绝接受悬赏金。至于斯威夫特先生，他很高兴看到事情水落石出，还他的儿子一个清白。于是，他继续忙自己的潜水艇项目，儿子也时不时地去帮助他。

至于汤姆，他在飞艇和摩托艇旅行的间隙，常常去看偌科斯蒙女子学院里的一位年轻姑娘。我想读者朋友们已经知道了她的名字。现在，到了本书末尾，我们跟汤姆·斯威夫特和他的朋友们再见吧，相信还会再见到他们的。

图书在版编目（CIP）数据

汤姆·斯威夫特和他的飞艇 / (美) 维克多·阿普尔顿著；王燕译；王一竹绘. —济南：山东文艺出版社，2017.12
ISBN 978-7-5329-5581-7

Ⅰ. ①汤… Ⅱ. ①维… ②王… ③王… Ⅲ. ①儿童故事—美国—现代 Ⅳ. ①I712.85

中国版本图书馆CIP数据核字（2017）第240652号

汤姆·斯威夫特和他的飞艇

【美】维克多·阿普尔顿 著 王燕 译 王一竹 绘

主管单位 山东出版传媒股份有限公司
出版发行 山东文艺出版社
社　　址 山东省济南市英雄山路189号
邮　　编 250002
网　　址 www.sdwypress.com

读者服务 0531—82098776（总编室）
0531—82098775（市场营销部）
电子邮箱 sdwy@sdpress.com.cn

印　　刷 三河市兴达印务有限公司
开　　本 880mm × 1230mm 1/32
印　　张 6.5
字　　数 115千
版　　次 2017年12月第1版
印　　次 2017年12月第1次印刷
书　　号 ISBN 978-7-5329-5581-7
定　　价 32.00元